Doris Lessing

Das fünfte KIND

Deutsch von Eva Schönfeld

Weltbild

Originaltitel: The Fifth Child
Originalverlag: Jonathan Cape, London

Genehmigte Lizenzausgabe für
Verlagsgruppe Weltbild GmbH
Steinerne Furt 67, 86167 Augsburg 2005

Gesetzt aus der FB Garamond
Druck und Bindung: GGP Media GmbH,
Karl-Marx-Str. 24, 07381 Pößneck

Gedruckt auf chlorfrei gebleichtem Papier

Printed in Germany

ISBN 3-89897-120-1

Die BILD Bestseller-Bibliothek

1 Mario Puzo Der Pate
2 Marianne Fredriksson Hannas Töchter
3 Stephen King Shining
4 Stefanie Zweig Nirgendwo in Afrika
5 Ken Follett Die Nadel
6 Petra Hammesfahr Das Geheimnis der Puppe
7 M. M. Kaye Palast der Winde
8 Thomas Harris Das Schweigen der Lämmer
9 Ephraim Kishon Drehn Sie sich um, Frau Lot!
10 James Clavell Tai-Pan
11 Walter Kempowski Tadellöser & Wolff
12 Johannes Mario Simmel Niemand ist eine Insel
13 Eva Heller
Beim nächsten Mann wird alles anders
14 Barbara Wood Rote Sonne, schwarzes Land
15 Agatha Christie Mord im Orientexpress
16 Siegfried Lenz So zärtlich war Suleyken
17 Michael Crichton Jurassic Park
18 Truman Capote Kaltblütig
19 Marion Zimmer Bradley Die Nebel von Avalon
20 Robert Harris Enigma
21 Doris Lessing Das fünfte Kind
22 P. D. James Wer sein Haus auf Sünden baut
23 Alexander Solschenizyn
Ein Tag im Leben des Iwan Denissowitsch
24 Mary Higgins Clark Mondlicht steht dir gut
25 Benoite Groult Salz auf unserer Haut

Große Romane – Großes Gefühl

Das fünfte KIND

Harriet und David lernten einander bei einer Betriebsfeier kennen, zu der sie beide nicht besonders gern gegangen waren, doch merkten sie sofort, daß dies der Moment war, auf den sie gewartet hatten. Konservativ, altmodisch, um nicht zu sagen altbacken, menschenscheu, schwer zufriedenzustellen: das war nur eine kleine Auswahl der wenig begeisterten Adjektive, mit denen andere Leute sie belegten, und sie verdienten noch viele weitere. Sie aber beharrten störrisch auf ihrer Selbsteinschätzung, nämlich daß sie das Recht hatten, normal zu sein, und niemand sie wegen ihrer wählerischen, heiklen und anspruchsvollen Enthaltsamkeit zu kritisieren hatte, nur weil diese Eigenschaften nicht mehr in Mode waren.

Auf dieser berühmten Party drängten sich etwa zweihundert Leute in einem langen, festlich geschmückten Raum, der sonst dreihundertvierunddreißig Tage im Jahr als Sitzungssaal diente. Drei assoziierte Firmen, die alle mit dem Baugeschäft zu tun hatten, gaben ihre gemeinsame Neujahrsparty. Es war sehr laut. Die hämmernden Rhythmen einer kleinen Band erschütterten Wände und Decken. Die meisten der Geladenen tanzten, wobei es infolge des Platzmangels sehr eng zuging, so daß viele Paare stets an ein und derselben Stelle auf und ab wippten oder umeinander kreisten, als befänden sie sich auf einer unsichtbaren Drehscheibe. Fast alle Frauen waren theatralisch und grellbunt aufgetakelt: *Seht mich an! Seht mich an!* Und einige der Männer forderten ebensoviel Beachtung. Ringsumher drückten sich Nichttänzer an die Wände, unter ihnen Harriet und David, ganz für sich, das Glas in der Hand, als stille Beobachter. Beide fanden, daß die Gesichter der Tanzenden, besonders der Frauen, aber auch der Männer, ebensogut von den Grimassen und vom Schreien aus höchster Qual heraus hätten verzerrt sein können wie vom Ausdruck des Vergnügens. Die Szene hatte etwas forciert Munteres... Aber weder Harriet noch David hätten je erwartet, daß irgendwer solche und andere ketzerische Gedanken mit ihnen teilen würde.

Über den ganzen Raum hinweg glich Harriet, sofern man sie zwischen so vielen auffälligen Gestalten überhaupt bemerkte, einem verwischten Pastellfleck, der, wie in einem impressionistischen Gemälde oder einer Fotomontage, mit seiner Umgebung verschmolz, zumal sie neben einer großen Bodenvase mit trockenen Gras- und Laubbüscheln stand und ein irgendwie geblümtes Kleid anhatte. Stellte man den Blick schärfer auf sie ein, so erkannte man eine unmoderne dunkle Lockenfrisur, nachdenkliche blaue Augen und einen etwas zu fest geschlossenen Mund. Ihre Züge waren überhaupt fest und ausgeprägt, und ihr Wuchs war kräftig. Eine gesunde junge Frau also. Aber vielleicht eher in einen Garten passend als hierher?

David war schon seit einer Stunde stehengeblieben, wo er gerade stand, und während er bedächtig an seinem Glas nippte, verweilten seine ernsten blaugrauen Augen bald auf einer Einzelperson, bald auf einem Paar; er sah, wie sie sich fanden, trennten, suchten und mieden. Auf Harriet machte er den Eindruck, nicht ganz auf festem Boden zu stehen, sondern fast zu schweben, als balanciere er ständig auf den Zehenspitzen. Ein schlanker, ja fast zierlicher junger Mann, der mit seinem runden, offenen Gesicht noch jünger aussah, als er tatsächlich war. Sein weiches braunes Haar mochte manche Frauen verlocken, mit den Fingern hindurchzufahren, aber wenn sie dann seinen sinnenden Blick auf sich fühlten, ließen sie es lieber bleiben. Ihnen wurde unbehaglich zumute. Harriet nicht, sah sie doch in dieser abwägenden Zurückhaltung ein Abbild ihres eigenen Wesens und erkannte, daß seine heitere Miene nur aufgesetzt war. Er dachte über sie im stillen ganz ähnlich: Sie schien solche Betriebsfeste ebensowenig zu mögen wie er. Beide hatten schon erfahren, wer der andere war. Harriet arbeitete in der Verkaufsabteilung einer Firma, die Bauteile entwarf und herstellte; David war Architekt.

Was also machte gerade diese beiden zu solchen Außenseitern? Es waren ihre Ansichten über Sex! Schließlich befand man sich in den sechziger Jahren! David hatte eine einzige längere und schwierige Geschichte mit einem Mädchen gehabt, das er trotz inneren Widerstrebens geliebt hatte: Sie verkörperte alles, was er an einer Frau *nicht* mochte, und sie scherzten während ihrer Beziehung über das alte Wort von den »Gegensätzen, die sich anziehen«. Seine Versuche, sie zu bekehren, amüsierten sie. »Ich glaube, du bildest dir ein, du könntest die Zeit zurückdrehen und ausgerechnet bei mir damit anfangen!« Nach der Trennung, die David hart genug angekommen war, hatte sie seiner Einschätzung nach so ziemlich mit jedem Angestellten von Sissons Blend & Co. geschlafen, auch mit den weiblichen – zumindest hätte es ihn nicht gewundert. Übrigens war sie heute abend hier, in Feuerrot mit schwarzer Spitze, der witzigen Version eines Flamenco-Kostüms, das ihren Kopf frappierend zur Geltung brachte, ganz im Stil der *Roaring Twenties*, mit glattem schwarzem Haar, das im Nacken spitz zulief, zwei glänzenden schwarzen Sechsen vor den Ohren und einem ebensolchen Kringel auf der Stirn. Sie winkte heftig zu David herüber und warf ihm von der Stelle, wo sie sich mit ihrem Partner drehte, über alle Köpfe hinweg eine Kußhand zu, und er lächelte kameradschaftlich zurück: Nein, er war ihr nicht böse. Was Harriet betraf, so war sie noch Jungfrau. *»Heutzutage!«* hätten ihre Freundinnen wahrscheinlich gekreischt, »bist du wahnsinnig?« Sie selbst empfand ihre Jungfräulichkeit nicht als einen Zustand, der unbedingt verteidigt werden mußte, sondern mehr als ein Geschenk, das sie aufbewahrte, bis sie es, sorgsam in ausgesucht hübsches Papier gewickelt, mit Diskretion dem richtigen Empfänger würde überreichen können. Sogar ihre eigenen Schwestern lachten sie aus, und die Kolleginnen im Büro machten humorvolle Gesichter, wenn sie erklärte: »Tut mir leid, ich habe keinen Sinn für dieses Überall-Rumschlafen, das ist nichts für mich.« Sie wußte, daß man über sie als einen interessanten Fall redete, und zwar vorwiegend auf wenig freundliche Weise. Mit der gleichen eisigen Verachtung, die wohl die anständigen Frauen der Großmüttergeneration in ihren Ton gelegt hatten, um zu sagen: »Sie ist absolut unmoralisch« oder »Was kann man von der schon erwarten« oder »Sie hat keinen Ruf mehr zu verlieren« – im Vokabular der Müttergeneration klang »Sie ist mannstoll« oder »Sie ist eine Nymphomanin« so –, im genau gleichen Ton sagten die aufgeklärten Mädchen von heute hinter Harriets Rücken: »Es muß an einem Kindheitstrauma liegen, daß sie so geworden ist. Armes Ding.«

Tatsächlich hatte sie sich schon manchmal unglücklich oder unzulänglich gefühlt, weil die Männer, mit denen sie gelegentlich essen oder ins Kino ging, ihre unnahbare Haltung sowohl für krankhaft verschroben als auch für kleinlich hielten. Eine Zeitlang war da eine jüngere Freundin gewesen, mit der sie sich gut verstanden hatte, aber dann war auch die »wie alle anderen« geworden, wie Harriet es, jede Hoffnung verlierend, definierte, wobei sie sich selbst zunehmend als Außenseiter betrachtete. Sie verbrachte viele Abende allein, und am Wochenende fuhr sie oft nach Hause zu ihrer Mutter Dorothy, die sie mit den Worten tröstete: »Du bist eben ein bißchen altmodisch, das ist alles. Und massenhaft Mädchen wären gern ebenso, wenn man sie nur ließe.«

Jetzt gingen diese beiden Abweichler, Harriet und David, aus ihren weit entfernten Ecken aufeinander zu, genau im selben Moment. Das sollte sich später als wichtig erweisen, denn besagte Betriebsfeier wurde zum Teil ihrer Geschichte. »Ja, genau gleichzeitig ...« Sie mußten sich durch Menschenknäuel drängen, die gegen die Wände gequetscht dastanden, und sie hielten dabei ihre Gläser hoch über ihre Köpfe, um den Tänzern nicht damit in die Quere zu kommen. Und so kamen sie endlich zusammen und lächelten, vielleicht ein bißchen verlegen, und er nahm sie bei der Hand, und sie drängelten sich aus dem Tanzsaal in das Nebenzimmer, in dem das kalte Buffet stand und das ebenso voll von lärmenden Leuten war, und von dort in den Korridor, der nur spärlich von knutschenden Pärchen bevölkert war, und schließlich stießen sie die erste Tür auf, deren Klinke ihrem Druck nachgab. Sie befanden sich in einem Büro mit einem Schreibtisch, ein paar harten Stühlen und einem Sofa. Stille... wenigstens beinahe. Sie seufzten. Sie stellten ihre Gläser ab. Sie setzten sich einander gegenüber, um sich nach Herzenslust ansehen zu können, und dann begannen sie zu sprechen. Sie redeten, als sei ihnen beiden die Sprache bisher verwehrt gewesen, als seien sie ganz ausgehungert nach Gesprächen. Und so saßen sie, nah beieinander, und redeten, bis der Lärm in den Räumen jenseits des Korridors nachließ, und dann gingen sie ruhig aus dem Haus und in seine Wohnung, zu der es nicht weit war. Dort lagen sie auf seinem Bett, hielten Händchen und sprachen weiter, und manchmal küßten sie sich, und dann schliefen sie. Harriet zog fast unmittelbar danach in Davids Wohnung, denn sie selbst hatte sich nur ein Zimmer in einem großen Gemeinschaftsquartier leisten können. Ihre Heirat im Frühling war beschlossene Sache. Worauf sollten sie noch warten? Sie waren füreinander bestimmt.

Harriet war die älteste von drei Schwestern. Erst als sie mit achtzehn von zu Hause wegging, erkannte sie, wieviel sie ihrer Kindheit verdankte, denn viele ihrer Bekannten hatten geschiedene Eltern, führten ein ungeregeltes und leichtfertiges Leben und neigten, wie man so sagt, zu seelischen Störungen. Harriet war nicht gestört und hatte schon immer gewußt, was sie wollte. Sie kam recht gut durch die Schule und ging dann auf eine Kunstakademie, um Graphikerin zu werden, was eine angenehme Art schien, die Zeit herumzubringen, bis sie heiratete. Die Frage »Sein oder Nichtsein«, nämlich eine Karrierefrau, hatte sie nie bekümmert, obwohl sie bereit war, darüber mitzudiskutieren. Sie wollte den anderen nicht exzentrischer erscheinen als unbedingt nötig. Ihre Mutter war eine zufriedene Frau, die alles hatte, was sie vernünftigerweise verlangen konnte, wenigstens kam es ihr und den Töchtern so vor. Harriets Eltern hatten es immer für unumstößlich gehalten, daß das Familienleben die einzige Grundlage wahren Glückes sei.

Mit Davids Herkunft war es eine ganz andere Sache. Seine Eltern hatten sich scheiden lassen, als er sieben war. Er witzelte, viel zu oft, darüber, daß er zwei Paar Eltern hatte. Er war eines der Kinder mit einem Zimmer in zwei Elternhäusern gewesen, und jeder um ihn herum hatte sich mit den damit verbundenen psychologischen Problemen befaßt.

Es hatte zwar keinen Zank und keine Gehässigkeit gegeben, aber ein beträchtliches Maß an Ungemütlichkeit, sogar Trübsal – das heißt für die Kinder. Der zweite Mann seiner Mutter war Akademiker, Historiker, und die beiden wohnten in einem großen schäbigen Haus in Oxford. David hatte diesen Professor Frederick Burke gern, weil er gütig, wenn auch zerstreut war, ganz wie seine Mutter Molly. David hatte sein Zimmer bei den beiden immer als sein wirkliches Zuhause angesehen, und das war es in seiner Vorstellung auch heute noch, obgleich er mit Harriet nun bald ein neues Heim schaffen würde, eine Erweiterung und Ergänzung des alten. Im hinteren Teil des Oxforder Hauses hatte er ein großes Schlafzimmer, von dem man in einen verwilderten Garten blickte. Das Zimmer war so schäbig wie das übrige Haus, noch voll von seinen Jungenssachen und auf englische Art ziemlich frostig. Davids leiblicher Vater, James Lovatt, hatte in zweiter Ehe eine Frau geheiratet, die seiner eigenen Art entsprach, eine laute, freundliche und tüchtige Person mit dem gutgelaunten Zynismus der Reichen. James Lovatt war Schiffbauer, und wenn David einer seiner Einladungen folgte, konnte es leicht passieren, daß sein Platz eine Koje auf einer Yacht war oder ein Zimmer (»Das ist *dein* Zimmer, David!«) in einer Villa in Südfrankreich oder auf den Bahamas. Doch er bevorzugte seine alte Bude in Oxford. So war er mit einem brennenden heimlichen Wunsch für die Zukunft aufgewachsen: Seine eigenen Kinder sollten es einmal ganz anders haben! Er wußte, was er wollte und was für eine Frau er brauchte.

Harriet hatte sich ihre Zukunft nach altem Brauch ausgemalt: Ein Mann würde ihr die Schlüssel eines gemeinsamen häuslichen Reiches übergeben, und sie würde dort alles finden, was ihrer Natur gemäß war.
Sie hatte dies, erst unbewußt, dann sehr entschieden, als ihr Geburtsrecht betrachtet und war diesem Ziel zugestrebt, ohne sich auf Irrungen und Wirrungen einzulassen. Und auch David sah seine Zukunft als ein Ziel, nach dem es zu streben und das es zu schützen galt. Seine Frau mußte ihm darin gleichen und wissen, wo das Glück lag und wie man es sich erhielt. Er war dreißig, als er Harriet kennenlernte, und hatte bis dahin mit der verbissenen Selbstzucht eines ehrgeizigen Menschen gearbeitet – aber das, wofür er arbeitete, war ein eigenes Heim.
Unmöglich, in London ein Haus zu finden, wie sie es brauchten und für ihr künftiges Leben wünschten. Überhaupt waren sie gar nicht so sicher, daß London der richtige Ort für sie war. Nein, er war es nicht, lieber eine kleinere Stadt in der Umgebung, mit einer eigenen Atmosphäre. Sie verbrachten einige Wochenenden mit der Besichtigung von Ortschaften in erreichbarer Nähe Londons und fanden bald ein geräumiges viktorianisches Haus mit einem verwucherten Garten. Perfekt! Allerdings kaum passend für ein junges Paar: ein dreistöckiges Haus nebst Dachboden, mit einer Unzahl von Zimmer, Fluren, Treppenabsätzen... Aber mit Platz für jede Menge Kinder.
Denn sie hatten die Absicht, viele Kinder zu bekommen. Ein bißchen herausfordernd, angesichts ihrer tollkühnen Zukunftsansprüche, versicherten sie einander, sie hätten nichts gegen einen Haufen Kinder. »Vier oder fünf...« »Oder sechs«, sagte David. »Oder sechs!« sagte auch Harriet, und lachte, bis ihr Tränen der Erleichterung in die Augen traten. Sie hatten weitergelacht und sich auf dem Bett gewälzt und gestrahlt, weil dieser heikle Punkt, bei dem alle beide insgeheim eine Verweigerung oder einen Kompromiß erwartet und sogar akzeptiert hätten, sich nun als ganz

unbedenklich herausstellte. Aber was Harriet zu David und David zu Harriet sagen konnte, »Sechs Kinder mindestens!«, durften sie keinem anderen Menschen sagen. Trotz Davids recht anständigem Gehalt und Harriets Verdienst ging die Hypothekenlast dieses Hauses über ihre Verhältnisse. Doch irgendwie würden sie es schon schaffen! Harriet wollte noch zwei Jahre weiterarbeiten, täglich mit David in die Stadt fahren, und dann... An jenem Nachmittag, als das Haus ihres wurde, standen sie Hand in Hand auf der kleinen Vorderveranda, und ringsumher zwitscherten die Vögel im Garten, dessen Baumkronen noch kahl und schwarz vom letzten Vorfrühlingsregen glänzten. Sie schlossen die Haustür auf, wobei ihre Herzen vor Glück klopften, und standen nach zwei Schritten in einem sehr großen Raum, von dem eine breite Treppe nach oben führte. Einer der früheren Besitzer mußte sich unter einem eigenen Heim dasselbe vorgestellt haben wie sie. Die Zwischenwände waren niedergerissen worden, um einen Raum zu schaffen, der fast das ganze Erdgeschoß einnahm. Eine Hälfte diente als Küche und war nur durch ein niedriges Mäuerchen, auf das man Bücher und Vasen stellen konnte, von der anderen getrennt, wo reichlich Platz für Sitzgruppen und all die behagliche Vielfalt eines Familienzimmers vorhanden war. Harriet und David gingen behutsam, mit verhaltenem Atem lächelnd und Blicke tauschend – wobei ihr Lächeln sich verstärkte, denn sie waren schon wieder dem Weinen nahe – über die nackten Holzdielen, auf denen bald Teppiche liegen würden, und dann langsam die Stufen hinauf, deren altmodische Messingstangen auf einen Läufer warteten. Auf dem ersten Treppenabsatz drehten sie sich um und bewunderten den Riesenraum, der das Herz ihres Königreiches werden sollte. Sie gingen weiter. Im ersten Stockwerk gab es ein großes Schlafzimmer – das ihrige. Ein Durchgang führte in eine Nebenkammer, die jeweils das Neugeborene beherbergen würde. Außerdem gab es noch vier weitere ansehnliche Räume auf dieser Etage. Nach oben hin wurde die Treppe etwas schmaler, obwohl immer noch großzügig genug, und auch hier fanden sich vier Zimmer, deren Fenster, wie die unteren, den Blick auf Bäume, Gärten und Rasenflächen freigaben: das typische sympathische Ambiente englischer Vor- und Kleinstädte. Und die riesige Mansarde darüber war wie geschaffen für Kinder, die ins »magische Alter« der Geheimnisse und Märchenspiele kamen.

Harriet und David begaben sich langsam wieder nach unten, eine Treppe, zwei, vorbei an all den Räumen, die sie in ihrer Phantasie bereits mit Kindern, Verwandten und Gästen füllten, bis sie in ihrem Schlafzimmer landeten. Vorläufig stand nichts darin als ein großes Ehebett, ursprünglich eine Spezialanfertigung für das Paar, von dem Harriet und David das Haus gekauft hatten. Der Makler hatte gesagt, man müsse es in seine Bestandteile zerlegen, um es wegzuschaffen, und die früheren Eigentümer seien ins Ausland gezogen und könnten es nicht mehr gebrauchen. Nun legten Harriet und David sich Seite an Seite darauf nieder und sahen sich in ihrem Zimmer um. Beide waren still, fast ein wenig bedrängt von allem, was sie sich vorgenommen hatten. Die Schatten eines Fliederstrauches, hinter dem eine wäßrige Sonne stand, zeichneten eine verführerische Skizze der Jahre, die sie in diesem Haus verleben würden, auf die weiße Zimmerdecke. Sie wandten die Köpfe dem Fenster zu, wo die oberen Zweige des alten Flieders dicke, kräftige Knospen zeigten; bald würden sie aufbrechen und in Blüte stehen. Dann sahen sie einander an. Tränen strömten ihnen über die Wangen. Sie liebten sich, dort auf ihrem Bett. Harriet hätte beinahe aufgeschrien: »Halt, nein, was machen wir da?« Denn hatten sie nicht beschlossen, mit dem Kinderkriegen noch zwei Jahre zu warten? Aber Davids Zielstrebigkeit überwältigte sie – ja, das war es, er nahm sie, während er ihr gerade in die Augen blickte, mit einer absichtsvollen, konzentrierten Kraft, die sie gefügig machte und sie akzeptieren ließ, wie er in ihr die Zukunft in Besitz nahm. Sie hatte keinerlei Verhütungsmittel bei sich. (Die Pille war ihnen beiden, natürlich, mehr als suspekt.) Harriet war auf der Höhe ihrer Gebärfähigkeit. Und dennoch liebten sie sich nun mit Ernst und Hingabe. Einmal. Zweimal. Später, als das Zimmer schon dunkel war, zum dritten Mal.

»Also«, flüsterte Harriet mit gedämpfter Stimme, denn sie fürchtete sich etwas, wollte es aber nicht zeigen, »also, das dürfte hingehauen haben, da bin ich sicher.«

David lachte. Ein lautes, leichtsinniges, skrupelloses Lachen, das dem sonst so bescheidenen, bedächtigen, freundlichen David gar nicht ähnlich sah. Nun, in fast völliger Dunkelheit, wirkte das Zimmer wie eine schwarze, endlose Höhle. Ein Ast kratzte irgendwo an der Mauer. Es roch nach kalter, regenfeuchter Erde und Sex. David lag da und lächelte in sich hinein, und als er Harriets Blick auf sich fühlte, wandte er ihr leicht das Gesicht zu und schloß sie in dieses Lächeln ein. Aber was ging in ihm vor? In seinen Augen glommen Gedanken, die sie nicht erraten konnte. Sie hatte das Gefühl, ihn noch gar nicht zu kennen...

»David«, sagte sie rasch, um den Bann zu brechen, aber er umfaßte sie fester, und seine Hand schloß sich mit einer unbeirrbaren Kraft, die sie nicht vermutet hätte, um ihren Oberarm. Dieser Griff sagte ihr: »Sei ruhig.«

Sie blieben noch eine Weile liegen, während die Normalität langsam zurückkehrte und bis sie imstande waren, sich ein paar tröstliche Alltagsküßchen zu geben. Dann standen sie auf und zogen sich in der kalten Dunkelheit wieder an: der Strom funktionierte noch nicht. Leise gingen sie die Treppe des Hauses, das sie so gründlich in Besitz genommen hatten, hinunter in ihr großes Familienzimmer, öffneten die Tür nach draußen und traten hinaus in den Garten, der geheimnisvoll verborgen im Dunkeln lag und ihnen noch nicht ganz gehörte.

»Und nun?« fragte Harriet in heiterem Ton, als sie in Davids Wagen stiegen, um nach London zurückzufahren. »Wie sollen wir all das bezahlen, falls ich schwanger bin?«

Ganz recht: Wie sollten sie? Harriet war an diesem regnerischen Abend in ihrem Schlafzimmer tatsächlich schwanger geworden. Sie hatten viele schlimme Augenblicke, wenn sie an ihre begrenzten Mittel dachten und daran, wie schwach sie eigentlich waren. Denn so ist es nun einmal: Sobald der solide materielle Rückhalt fehlt, kommt es uns so vor, als würden wir strenger als gewöhnlich beurteilt. Harriet und David kamen sich kümmerlich und unzulänglich vor, ohne einen anderen Halt als ihren störrischen Glauben, der von anderen Leuten schon immer als Querköpfigkeit angesehen worden war.

David hatte niemals Geld von seinem wohlhabenden Vater und seiner Stiefmutter genommen; sie hatten seine Ausbildung bezahlt, und damit basta. (Für die Erziehung seiner Schwester waren sie ebenfalls aufgekommen. Aber Deborah hatte dann den Lebensstil ihres Vaters vorgezogen, wie David den seiner Mutter vorzog, und daher waren sie nicht mehr viel zusammengekommen. Der Unterschied zwischen Bruder und Schwester war mit einem Satz zu kennzeichnen: Deborah hatte das Leben der Reichen gewählt.) Gerade jetzt wollte David die beiden nicht um Geld angehen. Und seine »englischen« Eltern – so nannte er seine Mutter und ihren zweiten Mann in Gedanken – waren ein schlichtes Akademikerpaar und hatten selbst wenig Geld.

Eines Nachmittags standen sie zu viert – David und Harriet, Davids Mutter Molly und ihr Mann Frederick – in dem großen Familienraum neben der Treppe und begutachteten das neue Reich. Mittlerweile stand ein ungeheurer Tisch, an dem mit Leichtigkeit fünfzehn bis zwanzig Personen Platz finden konnten, in dem Teil des Raums, der zur Küche gehörte; im Wohnteil gab es zwei ausladende Sofas und einige bequeme Sessel, alles auf einer Auktion am Ort erstanden. David und Harriet fühlten sich unter den Augen der beiden älteren Leute, die ihr Tun beurteilten, alberner und überspannter denn je – und viel zu jung. Molly und

Frederick sahen groß, breit und unordentlich aus, beide mit fülligem grauem Haar, und sie zeigten mit ihrer lässigen Kleidung, daß sie sich keinen Deut um die Mode scherten. Sie glichen zwei wohlwollenden Heubündeln, aber die Art, wie sie einander *nicht* ansahen, war David nur zu gut bekannt.

»Nun mal los«, sagte er krampfhaft lustig, als er es nicht mehr ertrug, »ihr könnt ruhig sagen, was ihr denkt.« Damit legte er einen Arm um Harriet, die blaß und überanstrengt aussah, erstens wegen der Morgenübelkeit, die sie seit einiger Zeit plagte, und zweitens, weil sie eine ganze Woche mit Fußbodenschrubben und Fensterputzen verbracht hatte.

»Wollt ihr ein Hotel aufmachen?« erkundigte sich Frederick sachlich. Er war entschlossen, keine Kritik zu üben.

»Wie viele Kinder wollt ihr euch denn zulegen?« fragte Molly mit einem kurzen Lachen, das andeutete, Proteste hätten hier ja doch keinen Zweck mehr.

»Viele«, sagte David leise.

»Ja«, sagte Harriet. »Ja.« Ihr war im Gegensatz zu David nicht bewußt, wie sehr sie dieses Elternpaar schockierten. Molly und Frederick gaben sich, wie in ihren Kreisen üblich, gern den Anschein des Nonkonformismus, aber im Grunde waren sie stockkonservativ und mißbilligten alles, was sie für übertrieben bis ausschweifend hielten. Dieses Haus gehörte dazu.

»Kommt, wir laden euch zum Essen ein, falls es hier ein ordentliches Hotel gibt«, sagte Davids Mutter.

Während des Essens sprachen sie von anderen Dingen. Erst beim Kaffee ließ Molly die Bemerkung fallen: »Es ist dir doch wohl klar, David, daß du deinen Vater um Hilfe bitten mußt?«

David zuckte schmerzlich zusammen, aber er mußte sich den Tatsachen stellen: Jetzt ging es einzig um das Haus und das Leben, das sie darin führen wollten. Ein Leben – beide Eltern sahen es seiner verbissenen Miene an, die sie für unreif und überheblich hielten –, das alles annullierte, erledigte, ausstrich, was ihr Leben,

Mollys und Fredericks, hatte vermissen lassen, und das galt auch für das von James und Jessica Lovatt.

Als sie sich auf dem dunklen Parkplatz des Hotels trennten, sagte Frederick: »Meiner Meinung nach seid ihr beide verrückt. Na schön, sagen wir auf dem falschen Dampfer.«

»Ja«, sagte Molly. »Ihr habt es euch nicht richtig überlegt. Kinder... Wer noch keine gehabt hat, weiß nicht, wieviel Arbeit sie machen.«

Hier mußte David lachen und machte damit einen Punkt gut, und zwar einen altbekannten, wie Molly mit einem kleinen schuldbewußten Lächeln zugab. »Du bist eben keine mütterliche Natur«, sagte David. »Bist es nie gewesen. Aber Harriet ist eine.«

»Wie du meinst«, erwiderte Molly. »Es ist euer Leben.«

Später rief sie James an, ihren ersten Mann, der sich gerade auf einer Yacht in der Nähe der Isle of Wight befand. Sie beendete das Gespräch mit dem Satz: »Am besten kommst du her und siehst es dir selbst an.«

»Wird gemacht, ich habe verstanden«, sagte er und meinte damit sowohl das Gesagte als auch das Ungesagte. Sein Unvermögen, das, was seine frühere Frau unausgesprochen ließ, zu verstehen, war der Hauptgrund dafür, daß er sie so gern verlassen hatte.

Bald nach diesem Gespräch machten David und Harriet abermals eine Hausbesichtigung, diesmal mit James und Jessica. Sie standen zu viert draußen auf dem Rasen, der noch mit den Überbleibseln des Winters und der Frühlingsstürme bedeckt war, und betrachteten kritisch die Fassade. Jessica fand das Haus düster und abscheulich, wie England überhaupt. Sie war im gleichen Alter wie Molly, sah aber zwanzig Jahre jünger aus, schlank, braungebrannt und, wie es schien, immer sonnenölglänzend, selbst wenn sie gar keins auf der Haut hatte. Ihr kurzes, weizenblondes Haar leuchtete, und immer trug sie frische Farben. Während sie den

Absatz eines ihrer jadegrünen Schuhe in den Rasen bohrte, blickte sie fragend auf ihren Mann.

James hatte sich das Haus schon von innen angesehen, und nun sagte er, ganz wie David es erwartet hatte: »Es ist eine gute Kapitalanlage.«

»Ja«, sagte David.

»Und nicht zu teuer. Vermutlich, weil es den meisten Leuten zu groß ist. Ich setze voraus, daß der Inspektionsbericht in Ordnung war?«

»Ja«, sagte David wieder.

»In diesem Fall werde ich die Hypothekenschuld übernehmen. Wie lang ist der Abzahlungszeitraum?«

»Dreißig Jahre«, sagte David.

»Bis dahin bin ich wahrscheinlich tot. Na ja, ich habe euch ja nichts Rechtes zur Hochzeit geschenkt.«

»Du wirst Deborah auch soviel geben müssen«, bemerkte Jessica.

»Wir haben in all den Jahren schon sehr viel mehr für Deborah getan als für David«, erwiderte James. »Außerdem können wir es uns ja leisten.«

Jessica lachte und zuckte die Achseln. Es handelte sich in der Hauptsache um ihr Geld. Diese Leichtigkeit in Geldsachen kennzeichnete ihr gemeinsames Leben, das David innerlich ablehnte und dem er die Knauserigkeit des Oxforder Haushalts vorzog, obwohl er dieses Wort nie laut ausgesprochen hätte. Das Leben der Reichen bestand für ihn aus Geltungssucht und Oberflächlichkeit, aber nun war er drauf und dran, sich ihnen zu verpflichten.

»Und wieviel Kinder habt ihr eingeplant, wenn man fragen darf?« forschte Jessica. Sie ähnelte einem schlanken Wellensittich, der sich auf den feuchten Rasen vor Harriets und Davids Haus verflogen hatte.

»Viele«, sagte David.

»Viele«, sagte Harriet.

»Na, besser ihr als ich«, sagte Jessica, und damit verließ Davids anderes Elternpaar den Garten und bald darauf England, beides mit Erleichterung.
In den nächsten Monaten betrat Harriets Mutter Dorothy die Szene. Weder Harriet noch David fiel es auch nur im Traum ein, zu sagen oder zu denken: »O Gott, wie gräßlich, dauernd die Schwiegermutter auf dem Hals zu haben.« Denn aus ihrem Wunsch nach einer großen Familie folgte logischerweise, daß Dorothy immer zur Stelle sein würde, um ihrer Tochter zu helfen, auch wenn sie gelegentlich auf ihr Eigenleben pochen sollte. Dorothy war Witwe, und ihr Eigenleben bestand hauptsächlich darin, ihre drei Töchter umschichtig zu besuchen. Das alte Elternhaus war verkauft, und sie hatte nun eine kleine, nicht besonders hübsche Wohnung. Doch war es nicht ihre Art, sich zu beklagen. Als ihr die Größe und die Möglichkeiten des neuen Hauses aufgegangen waren, blieb sie einige Tage lang schweigsamer als gewöhnlich. Es war ihr nicht leichtgefallen, drei Töchter großzuziehen. Ihr Mann war Industriechemiker gewesen und hatte nicht schlecht verdient, aber viel hatten sie nie zurücklegen können. Dorothy wußte, was eine Familie kostete, selbst eine kleine.
Sie versuchte ein paar Andeutungen in dieser Hinsicht zu machen, als sie eines Abends zu dritt beim Essen saßen: David, Harriet, Dorothy. David war gerade erst nach Hause gekommen, der Zug hatte Verspätung gehabt. Die Fahrten von und nach London waren kein Vergnügen, genauer gesagt, eine Belastung für alle, besonders natürlich für David, denn er brauchte täglich zweimal fast zwei Stunden, um zur Arbeit und zurück zu kommen. Das würde einer seiner Beiträge zur Erfüllung ihres Traums werden.
Die Küche war inzwischen schon fast so, wie sie sein sollte. Um den riesigen Tisch standen schwere Holzstühle, vorläufig nur vier, aber ein Dutzend weiterer stand an den Wänden aufgereiht und

wartete auf Gäste und noch Ungeborene. Dazu gab es einen großen Herd und eine altmodische Anrichte mit Haken, an denen kleine und große Tassen hingen. Auf dem Tisch und der niedrigen Trennwand standen Krüge mit Blumen aus dem eigenen Garten; der Sommer hatte eine Fülle von Rosen und Lilien mit sich gebracht. Sie aßen einen Pudding, den Dorothy zubereitet hatte. Draußen meldete sich der Herbst mit fliegenden Blättern, die im aufkommenden Wind von Zeit zu Zeit an die Fensterscheiben klopften. Aber die Vorhänge waren schon zugezogen, warme, dicke, geblümte Vorhänge.
»Hört mal zu«, sagte Dorothy. »Ich habe mir über euch Gedanken gemacht.« David legte höflich seinen Löffel hin, was er bei einer Ansprache seiner eigenen weltfremden Mutter oder seines weltmännischen Vaters nie getan hätte. »Ich finde, ihr beide solltet nicht alles so überstürzen... Nein, laßt mich ausreden. Harriet ist erst vierundzwanzig, noch nicht mal fünfundzwanzig. Und du bist erst dreißig, David. Ihr geht drauflos, als dächtet ihr, wenn ihr nicht alles sofort anpacktet, ginge es euch verloren. Den Eindruck habe ich jedenfalls, sooft ich euch reden höre.«
David und Harriet hörten zu. Ihre Augen trafen sich, und sie zogen nachdenklich die Brauen zusammen. Dorothy, diese stattliche, gutmütige, aber energische Frau mit ihrer wohlüberlegten Handlungsweise, war nicht zu ignorieren; man mußte sie gebührend anerkennen.
»Ich denke nun mal so«, sagte Harriet.
»Ja, Kind, ich weiß. Erst gestern habt ihr wieder davon gesprochen, daß ihr eure Kinder möglichst schnell hintereinander haben wollt. Das werdet ihr noch bereuen, meiner Ansicht nach.«
»Uns könnte doch schon morgen alles genommen werden«, sagte David störrisch. Die Ungeheuerlichkeit dieser Vorstellung, die, wie beide Frauen ahnten, in seinem tiefsten Innern gründete, wurde durch die Nachrichten, die über das Radio kamen, nicht gerade gemildert. Schlimme Neuigkeiten aus aller Welt – wenn

auch längst noch nichts gegen das, was man schon bald an gleicher Stelle hören sollte, aber bedrohlich genug.

»Überlegt es euch«, sagte Dorothy. »Ich wünschte, ihr dächtet noch einmal über alles nach. Manchmal jagt ihr beide mir Angst ein, ich weiß selbst nicht, warum.«

»Vielleicht«, erwiderte Harriet hitzig, »vielleicht wären wir besser in einem anderen Land geboren worden. Weißt du nicht, daß ein halbes Dutzend Kinder in anderen Erdteilen als ganz normal gilt? Kein Mensch stößt sich daran, und die Eltern werden nicht wie Kriminelle behandelt.«

»Abnormal sind nur wir, hier in Europa«, pflichtete David ihr bei.

»Ist mir bisher nicht aufgefallen«, sagte Dorothy, die den beiden an Dickköpfigkeit nicht nachstand. »Aber wenn ihr wirklich in einem anderen Erdteil wärt, in Ägypten oder Indien oder sonstwo, und ihr hättet eure sechs Kinder, oder acht, oder zehn – ja, ja, Harriet, ich weiß, was du denkst, ich kenne dich –, dann würde die Hälfte davon sterben, und eine ordentliche Schulbildung würden sie auch nicht erhalten. Ihr wollt alles auf einmal. Ja, die Reichen, die können Kinder haben wie die Karnickel, die haben das Geld dazu. Und die Armen können ebensoviel Kinder bekommen und die Hälfte davon sterben lassen, sie erwarten es nicht anders. Aber Leute wie wir, der bürgerliche Mittelstand, wir sollten im voraus bedenken, für wie viele Kinder wir wirklich sorgen können. Mir scheint, ihr habt euch das noch nicht reiflich überlegt ... Nein, den Kaffee mache ich. Ihr beide setzt euch nach drüben.«

David und Harriet gingen durch die breite Lücke der Trennmauer in den Wohnteil des Raumes hinüber, setzten sich auf eines der großen Sofas und hielten sich bei den Händen, ein schlanker, störrisch, aber leicht beunruhigt dreinblickender junger Mann und eine aufgedunsene, rotgesichtige, sich unbeholfen bewegende Frau. Harriet war im achten Monat, und die Schwangerschaft war nicht eben angenehm verlaufen. Keine ernsten Probleme, aber sie hatte viel an Übelkeit, Verdauungsbeschwerden und Schlaflosigkeit gelitten und war von sich selbst enttäuscht. Sie fragten sich, warum alle Leute sie kritisierten. Dorothy brachte den Kaffee, stellte ihn vor sie hin, sagte: »So, nun wasche ich ab – nein, du bleibst sitzen!« und ging zurück ans Spülbecken.

»Aber ich fühle nun mal so«, sagte Harriet verzagt.

»Eben«, sagte David.

»Wir sollten Kinder bekommen, solange wir die Möglichkeit dazu haben«, sagte Harriet.

Dorothy warf vom Abwasch her ein: »Als der letzte Krieg ausbrach, sagten alle, es sei verantwortungslos, Kinder in die Welt zu setzen, aber wir haben es trotzdem getan, oder?« Sie lachte.

»Na siehst du«, sagte David.

»Und wir haben sie durchgebracht«, sagte Dorothy.

»Und das werden wir auch, ganz bestimmt«, sagte Harriet.

Das erste Kind, Luke, kam im breiten Ehebett zur Welt, hauptsächlich mit Hilfe der Hebamme, doch auch Doktor Brett war anwesend. David und Dorothy hielten abwechselnd Harriets Hände. Überflüssig zu sagen, daß Doktor Brett Harriet ins Krankenhaus hatte bringen wollen. Sie jedoch hatte sich standhaft geweigert – was er ihr sehr übelnahm.

Es war eine kalte, windige Nacht, gleich nach Weihnachten. Das Zimmer war wundervoll warm. David weinte. Dorothy weinte. Harriet lachte und weinte. Die Hebamme und der Arzt warfen sich triumphierend in die Brust. Sie tranken alle Champagner und träufelten ein paar Tropfen davon auf den Kopf des Babys. Das war 1966.

Luke war ein gutartiges Kind. Er schlief friedlich in dem kleinen Nebenraum neben dem großen Schlafzimmer und ließ sich vergnüglich stillen. Welches Glück! Wenn David sich beeilte, um seinen Morgenzug nach London zu erwischen, saß Harriet noch im Bett und gab Luke die Brust, während sie selbst den Tee trank, den David ihr gebracht hatte. Und wenn er sich dann niederbeugte, ihr einen Abschiedskuß gab und Luke übers Köpfchen strich, geschah es mit einer Besitzergeste, die Harriet verstand und liebte, denn mit dem Besitz waren nicht allein sie oder das Baby gemeint, sondern das Glück. Ihres und seines.

Zu Ostern veranstalteten sie ihr erstes Familienfest. Alle Zimmer waren bescheiden, aber ausreichend möbliert, und nun füllten sie sich mit Harriets zwei Schwestern Sarah und Angela nebst Ehemännern und Kindern; Dorothy war natürlich auch da und ganz in ihrem Element, und auch Molly und Frederick kamen auf eine Stippvisite und taten, als ob sie sich amüsierten – aber Familienleben in solchen Ausmaßen war nichts für sie.

Kenner der englischen Szene werden mittlerweile bemerkt haben, daß Harriet nach dem allmächtigen, wenn auch nirgends verzeichneten Maßstab des englischen Klassensystems erheblich niedriger rangierte als David. Sobald irgendwelche Lovatts oder Burkes mit den Walkers zusammentrafen, wurde diese Tatsache innerhalb von fünf Sekunden deutlich, aber nicht weiter kommentiert – wenigstens nicht mit Worten. Die Walkers waren nicht überrascht, als Frederick und Molly sagten, sie könnten nur für zwei Tage bleiben, und ebensowenig über ihren Sinneswandel, als James Lovatt auftauchte. Wie viele ehemalige Paare, die sich wegen Unvereinbarkeit der Charaktere haben scheiden lassen, genossen Molly und James ein Wiedersehen durchaus, solange sie wußten, daß sie sich in Kürze wieder trennen durften. Tatsächlich genossen so alle das Familientreffen und waren sich einig, daß das Haus wie gemacht dafür war. Man saß um den großen Familientisch, um den so viele Stühle paßten, bei langen, gemütlichen Mahlzeiten, und auch zwischendurch fand man sich zwanglos dort ein, um Kaffee oder Tee zu trinken und zu reden. Und zu lachen... Wenn Harriet und David dieses Lachen, die Stimmen, die Gespräche, den Lärm spielender Kinder hörten, vielleicht noch vom Schlafzimmer aus oder während sie die Treppe hinunterkamen, drückten sie einander lächelnd die Hände und atmeten tief auf vor Glück. Niemand wußte, nicht einmal Dorothy – die am wenigsten –, daß Harriet schon wieder schwanger war. Luke war drei Monate alt. Sie hatten diese Schwangerschaft nicht beabsichtigt und eigentlich ein Jahr pausieren wollen.

Aber nun war es passiert. »Ich könnte darauf schwören, daß über diesem Zimmer ein Fruchtbarkeitszauber hängt«, sagte David lachend. Sie fühlten sich angenehm schuldig. Sie lagen in ihrem Bett, horchten auf Lukes leise Babygeräusche nebenan und beschlossen, kein Wort zu sagen, bevor alle Gäste aus dem Haus waren.

Als Dorothy es erfuhr, wurde sie wieder sehr still, und dann fragte sie: »Tja, dann werdet ihr mich wohl brauchen?«

Allerdings. Die Schwangerschaft verlief zwar normal, wie die erste, aber Harriet hatte mit soviel Übelkeit und Unwohlsein zu kämpfen, daß sie sich im stillen vornahm, obwohl sie nicht im geringsten von ihrem Plan abwich, sechs (oder acht oder zehn) Kinder zu bekommen, diesmal bestimmt für eine angemessene Pause zwischen dem zweiten und dritten zu sorgen.

Dorothy machte sich für den Rest des Jahres auf angenehme Weise im Haushalt nützlich, half den kleinen Luke zu versorgen und nähte Vorhänge für die Mansardenzimmer.

Zu Weihnachten war Harriet wieder im achten Monat und unförmig dick, und sie lachte selbst über ihren Umfang und ihre Schwerfälligkeit. Sie hatten ein volles Haus; alle Gäste, die Ostern dagewesen waren, kamen auch jetzt. Es hatte sich herumgesprochen, daß Harriet und David für solche Familienfeste besonders begabt waren. Eine Cousine Harriets rückte mit ihren drei Kindern an, weil sie Wunderdinge von der vergangenen Osterwoche gehört hatte. Ein Kollege Davids kam mit seiner Frau. Diese Weihnachten dauerten zehn Tage, und ein Festmahl jagte das andere. Luke war in seinem Wägelchen im Familienzimmer unten, jedermann machte viel Aufhebens um ihn, und die Kinder schleppten ihn herum wie eine Puppe. Auch Davids Schwester Deborah kam kurz zu Besuch, ein kühles, apartes Mädchen, das ebensogut eine Tochter Jessicas wie Mollys hätte sein können. Sie war nicht verheiratet, obwohl sie, wie sie es umschrieb, ein paarmal »nahe daran« gewesen war. Ihr ganzer Stil war dem aller anderen, die im Hause waren, alle im Prinzip sehr britisch, derart fern, daß diese auffallenden Unterschiede zum ständigen Anlaß für Witzeleien wurden. Deborah hatte immer das Leben der Reichen gelebt, die hochgeistige Schäbigkeit ihres eigentlichen Elternhauses entsetzlich gefunden und enges Zusammenrücken gehaßt, aber sie gab zu, daß sie diese Party ganz interessant fand.

Die meiste Zeit waren zwölf Erwachsene und zehn Kinder im Haus. Auch Nachbarn schauten – auf Einladung – herein, aber der Familienzusammenhalt war so stark, daß sie keinen echten Anschluß fanden. Und Harriet und David triumphierten, weil sie mit ihrer Hartnäckigkeit, die von jedermann kritisiert oder belächelt worden war, dieses Wunder bewirkt hatten: Es war ihnen gelungen, all diese unterschiedlichen Menschen zusammenzubringen, und zwar so, daß sie sich gegenseitig mochten.

Das zweite Kind, Helen, wurde wie Luke im Familienbett geboren, die Beteiligten waren dieselben, und wieder wurde der Kopf des Babys mit Champagner gesalbt, und alle vergossen Freudentränen. Luke wurde aus dem Babykämmerchen ein Zimmer weiter verlegt, und Helen nahm seinen Platz ein.

Obgleich Harriet erschöpft war – richtiger, wie ausgepumpt –, fand das Osterfest auch diesmal statt. Dorothy war dagegen. »Du bist *müde,* Kind«, sagte sie, »müde bis in die Knochen.« Dann, nach einem Blick in Harriets Gesicht: »Na schön, aber du rührst keinen Finger, verstanden?«

Harriets Mutter und ihre beiden Schwestern übernahmen die Verantwortung für die Einkäufe, die Küche und alle schwere Arbeit.

Das Haus wurde wieder voll, und in dem großen Gemeinschaftsraum waren auch die beiden Kleinen, Helen und Luke, beide blond, blauäugig und rosenwangig. Luke stapfte und stolperte von einem zum andern, und Helen strampelte in ihrem Wägelchen.
Auch im Sommer 1968 war das Haus voll bis unters Dach, und fast alle gehörten zur Familie. Für die Londoner war es so bequem: Die Berufstätigen fuhren morgens mit David weg und kamen abends mit ihm zurück. Und zwanzig Autominuten entfernt gab es schöne Spazierwege.
Besucher kamen und gingen, sagten, es sei nur für zwei Tage, und blieben eine Woche. Und wer bezahlte das alles? Nun, natürlich leistete jeder einen Beitrag, aber ebenso natürlich längst nicht genug, doch man wußte ja, daß Davids Vater reich war. Wenn James Lovatt die Hypothek nicht bezahlt hätte, wäre das alles unmöglich gewesen. Sie waren immer knapp bei Kasse. Sparmaßnahmen wurden eingeführt, aus zweiter Hand wurde eine guterhaltene Tiefkühltruhe im Hotelformat angeschafft und mit Obst und Gemüse gefüllt. Dorothy, Sarah und Angela machten Kompott und Marmelade und Chutneys ein. Sie buken Brot, bis das ganze Haus danach roch. Das war das Glück, auf die alte Art.
Dennoch war der Himmel nicht ganz wolkenlos. Sarah und ihr Mann William waren unglücklich verheiratet, zankten ständig, versöhnten sich. Aber Sarah war mit dem vierten Kind schwanger, und an Scheidung war nicht zu denken.
Weihnachten, ebenso festlich begangen wie im Jahr zuvor, kam und ging. Dann war schon wieder Ostern ... Manchmal wußten sie selbst nicht mehr, wo alle unterzubringen waren.
Die Wolke, die von Sarahs und Williams Streitereien herrührte und zuweilen das Familienglück verdunkelte, löste sich auf, da sie von etwas viel Schlimmerem verdrängt wurde. Sarahs viertes Kind wurde mit dem sogenannten Down-Syndrom geboren, und

eine Trennung kam nun erst recht nicht in Frage. Dorothy bemerkte gelegentlich, es sei schade, daß sie sich nicht zweiteilen könne, denn Sarah brauche sie ebenso wie Harriet, eher noch mehr. Und fortan fuhr sie öfter zu Sarah, die im Gegensatz zu Harriet wirklich geschlagen war.

1970, als Helen zwei Jahre alt war, wurde Jane geboren. Viel zu schnell, schalt Dorothy. Was sollte die Eile?

Helen zog in Lukes Zimmer, und Luke kam wieder eine Tür weiter. Jane brabbelte zufrieden im Babykämmerchen, und die beiden »Älteren« krochen gern zu den Eltern ins Bett, um zu kuscheln und zu spielen, oder sie besuchten Großmutter Dorothy in ihrem Bett und spielten dort.

Glück. Eine glückliche Familie. Ja, die Lovatts waren eine glückliche Familie. Es war das, was sie sich erwählt hatten und was sie verdienten. Oft, wenn David und Harriet dalagen und einander anschauten, kam es ihnen so vor, als flögen Türen in ihrer Brust auf, und was hervorquoll, war eine so innige Erleichterung und Dankbarkeit, daß sie immer noch darüber staunten. Nun war schon soviel Zeit vergangen, und es war nicht immer leicht gewesen, Geduld und den Glauben an sich selbst zu bewahren, solange der Zeitgeist der raffgierigen und selbstsüchtigen Sechziger auf der Lauer gelegen hatte, sie zu verdammen, zu isolieren, das Gute in ihnen herabzuwürdigen. Doch siehe, sie hatten damit recht behalten, auf ihrem hartnäckigen Einzelgängertum zu bestehen; sie hatten unbeirrt das Beste erwählt – dieses Leben.

Außerhalb ihres begünstigten Kreises, ihrer eigenen kleinen Familie, tobten die Stürme der Welt. Die Zeit des wirtschaftlichen Aufschwungs war vorüber. Davids Firma hatte Verluste erlitten, und er war nicht, wie erwartet, in eine höhere Gehaltsstufe aufgerückt; aber andere hatten ihre Stellung verloren, und so konnte er sich noch glücklich schätzen. Auch Sarahs Mann war arbeitslos. Sarah machte bittere Scherze darüber, daß sie und William, wie sie meinte, alles Unglück der Sippe auf sich zogen.

Harriet sagte zu David, unter vier Augen, sie glaube nicht daran, daß es sich um pures Unglück handle: Sarahs und Williams Uneinigkeit und ihr ewiger Streit hätten wahrscheinlich das mongoloide Kind mitverursacht... Ja, ja, schon recht, man sollte es nicht mongoloid nennen. Aber sah die Kleine nicht wirklich ein bißchen wie Dschingis-Khan aus? Wie ein Dschingis-Khan-Baby mit ihrem zerknautschten Gesichtchen und den verquollenen Schlitzaugen? David mißfiel dieser Zug an Harriet, ein derartiger Fatalismus paßte so gar nicht zu ihrem sonstigen Wesen. Er sagte, er halte ihre Vermutung für dumm und hysterisch. Harriet war daraufhin eine Weile beleidigt, und er mußte sie wieder versöhnen.

Die Kleinstadt, in der sie wohnten, hatte sich in den fünf Jahren, seit sie ihr Haus bezogen hatten, verändert. Krasse Zwischenfälle und Verbrechen, die früher noch jeden entsetzt hatten, waren nun an der Tagesordnung. Ganze Banden von Jugendlichen lungerten um bestimmte Lokale und an den Straßenecken herum und hatten vor niemandem mehr Respekt. Im Haus nebenan war schon einmal eingebrochen worden, bei den Lovatts noch nicht, allerdings war ja auch immer irgend jemand zu Hause. Das Telefonhäuschen am Ende der Straße war so oft mutwillig zerstört worden, daß die Behörden es aufgegeben hatten: Unbenutzbar stand es da. Nichts in der Welt hätte Harriet dazu gebracht, jetzt bei Nacht alleine das Haus zu verlassen. Früher, in London, wäre sie nie auf die Idee gekommen, ihr könnte auf der Straße zu irgendeiner Tages- oder Nachtzeit etwas passieren. All diese Ereignisse hatten einen üblen Beigeschmack. Immer mehr schien es, als lebten in England zwei Völker, nicht eines – Todfeinde, die einander haßten und von denen keiner auf den anderen hörte. Die jungen Lovatts zwangen sich, Zeitung zu lesen und die Fernsehnachrichten zu sehen, obwohl sich etwas in ihnen instinktiv dagegen sträubte. Doch mußten sie wenigstens wissen, was außerhalb ihrer Festung, ihres Königreichs vorging, in dem drei kost-

bare Kinder herangezogen wurden und in dem so viele Leute Sicherheit, Gemütlichkeit und Freundschaft suchten.
Das vierte Kind, Paul, wurde 1973 zwischen Weihnachten und Ostern geboren. Harriet ging es nicht sehr gut; ihre Schwangerschaften blieben unbequem und von einer Vielzahl kleinerer Probleme belastet – nie etwas Ernstes, aber sie war erschöpft.
Trotzdem gerieten die Osterfestivitäten schöner denn je. Überhaupt war dieses Jahr das beste von allen und schien ihnen später, im Rückblick, eine einzige Kette von Feiern gewesen zu sein, aus einer Quelle herzlicher Gastlichkeit gespeist, deren Hüter Harriet und David waren. Es begann schon zu Weihnachten, als Harriets Schwangerschaft so beschwerlich wurde. Alle bemühten sich um sie, teilten die Küchenarbeit unter sich auf und richteten auch weiterhin herrliche Mahlzeiten her, und ihre Gedanken drehten sich um das kommende Baby und das nächste Osterfest, und den langen Sommer, und dann wieder Weihnachten ...
Sie feierten drei Wochen lang Ostern, solange die Schulferien dauerten. Das Haus war überbelegt. Die drei kleinen Kinder, die alle ein eigenes Zimmer hatten, mußten zusammenziehen, da der Raum knapp wurde. Natürlich fanden sie das himmlisch. »Warum laßt ihr sie nicht immer zusammen schlafen?« fragte Dorothy, fragten auch die anderen. »Solche Knirpse und schon für jeden ein eigenes Zimmer!«
»Es ist wichtig«, erwiderte David scharf, »daß jeder von früh an seinen eigenen Bereich hat.«
Die Familie tauschte Blicke, wie es Familien eben tun, die bei einem aus ihrer Mitte einen leicht irren Zug entdecken. Nur Molly, die in Davids Haltung Verständnis für ihre Situation vermutete, wenn auch nicht ganz frei von jeder Kritik, stimmte ihm zu: »Jeder auf Erden! Jeder!« Sie gab sich Mühe, humorvoll zu klingen.
Diese kleine Szene spielte sich beim Frühstück ab, das heißt fast gegen Mittag, denn im Gemeinschaftsraum zog sich das Früh-

stück meist endlos in die Länge. Alle Erwachsenen, fünfzehn an der Zahl, saßen noch am Küchentisch. Die Kinder spielten auf der anderen Seite des Raumes zwischen den Sofas und Sesseln. Molly und Frederick saßen nebeneinander, wie immer darauf bedacht, alles und jedes am Maßstab von Oxford zu messen, weswegen sie von den übrigen oft geneckt wurden. Das schien ihnen allerdings nichts auszumachen, und sie verteidigten sich mit mildem Humor. Molly hatte wieder an Davids Vater, ihren ersten Mann, geschrieben: Er müsse mehr Geld »herausrücken«, das junge Paar sei einfach nicht in der Lage, Hinz und Kunz mit durchzufüttern. James hatte einen großzügigen Scheck geschickt und war dann selbst gekommen. Jetzt saß er seiner früheren Frau und deren Mann gegenüber, und wie jedesmal musterten sie einander verstohlen und wunderten sich, wie sie je hatten zueinanderfinden können. James sah aus, als habe er sich gerade für ein sportliches Unternehmen gerüstet, und in der Tat war er auf dem Weg in den Skiurlaub. Deborah saß da wie ein exotischer Vogel, der sich verflogen hatte, und ließ sich nur von einer gewissen Neugier in diesem Kreis halten – Bewunderung hätte sie nie zugegeben. Dorothy schenkte Tee und Kaffee nach. Harriets Schwester Angela saß bei ihrem Mann, ihre drei Kinder spielten mit den anderen. Angela, tüchtig, resolut, »ein Tatmensch«, wie Dorothy sagte, wobei sie das »Gott sei Dank« unausgesprochen ließ, beklagte sich, daß ihre beiden Schwestern ihre Mutter völlig in Anspruch nahmen und nichts von ihr für sie, Angela, übrigließen. Sie ähnelte einem gescheiten, hübschen kleinen Fuchs. Sarah, ihr Mann William, Vettern, Cousinen, Freunde – jeder Winkel des großen Hauses war belegt, sie übernachteten sogar auf den Sofas hier unten. Der Dachboden war schon seit langem in einen Schlafsaal mit Matratzen und Schlafsäcken verwandelt worden und konnte jede Menge Kinder beherbergen. Im großen Wohnraum war es behaglich warm vom Feuer, das im Kamin prasselte; gestern hatten sie den Wald durchstreift und Holz gesammelt. Aus den oberen Zimmern ertönten Stimmen und Musik, einige der größeren Kinder übten wohl ein Lied ein. In diesem Haus – und das zeichnete es für alle aus, die bewunderten, was sie selbst nicht erreichten – wurde fast nie das Fernsehen angestellt.

Sarahs Mann William saß nicht mit am Tisch, sondern lehnte halb sitzend an der niedrigen Trennmauer, und schon diese geringe Distanz drückte seine innere Beziehung zur übrigen Familie aus. Er hatte Sarah zweimal verlassen und war zweimal wiedergekommen. Jedem war klar, daß es immer so weitergehen würde. Inzwischen hatte er einen Job im Baugewerbe gefunden, einen kümmerlichen, aber was ihm am meisten zu schaffen machte, war sein Widerwille gegen körperliche Mißbildungen, und seine letztgeborene, unter dem Down-Syndrom leidende Tochter ekelte ihn an. Dennoch hatte seine Ehe mit Sarah tiefe Wurzeln. Sie waren ein schönes Paar, beide groß, dunkel wie zwei Zigeuner und immer in südliche Farben gekleidet. Aber nun war da das arme Baby in Sarahs Arm, soweit wie möglich verhüllt, damit es niemanden störte, und Williams Blicke wanderten überallhin, nur nicht zu seiner Frau.

Statt dessen sah er Harriet zu, die eben den kleinen Paul stillte, der zwei Monate alt war. Sie saß in dem großen Armlehnsessel, der, weil für diese mütterliche Aufgabe am besten geeignet, für sie reserviert war. Ihr Gesicht war abgespannt; Jane zahnte und hatte die halbe Nacht durch gequengelt und nach »Mami« verlangt, nicht nach Großmutter Dorothy.

Harriet hatte sich dadurch, daß sie der Welt vier neue Menschenkinder geschenkt hatte, nicht sehr verändert. Da saß sie nun am Kopfende des Tisches und hatte ihre blaue Hemdbluse so weit aufgeknöpft, daß man einen Teil ihrer blaugeäderten weißen Brust und Pauls energisch ruckendes Köpfchen sah. Ihre Lippen waren auf ihre charakteristische Art fest geschlossen, und sie hatte die Augen überall, eine gesunde, lebensvolle, attraktive junge Frau.

Nur müde... Die Kinder kamen immer wieder angerannt und wollten etwas von ihr, bis sie sie plötzlich gereizt anfuhr: »Nun geht doch endlich und spielt oben auf dem Dachboden!« Das sah ihr so wenig ähnlich, daß die Erwachsenen abermals Blicke tauschten und sich beeilten, ihr die lauten Kinder vom Leib zu halten. Schließlich brachte Angela sie die Treppe hinauf.

Harriet schämte sich sofort ihrer schlechten Laune. »Ich war die ganze Nacht auf den Beinen«, fing sie an, wurde aber von William unterbrochen, der, wie Harriet sehr wohl fühlte, das Wort stellvertretend für alle ergriff – auch wenn sie sich wunderte, warum gerade William, der fehlerhafte Gatte und Vater.

»Da siehst du selbst, was dabei herauskommt, Schwägerin Harriet«, verkündete er, indem er sich vorbeugte und die Hand hob wie ein Dirigent. »Wie alt bist du? Nein, sag nichts, ich weiß es. Und du hast in sechs Jahren vier Kinder geboren...« Er vergewisserte sich mit einem raschen Rundblick, daß alle auf seiner Seite waren. Harriet spürte ihre Zustimmung. Sie lächelte ironisch.

»Eine Kriminelle«, sagte sie, »ja, genau das bin ich.«

»Mach mal Pause, Harriet. Das ist alles, was wir von dir verlangen«, fuhr er fort, immer mehr in den Schauspielerton verfallend, der ihm eigen war.

»Hört, hört! Der Vater von vier Kindern spricht«, sagte Sarah und drückte ihre arme kleine Amy leidenschaftlich an sich, womit sie die anderen hinderte, ihre Gedanken laut auszusprechen: Sarah überschlug sich wieder mal, um ihrem ungeratenen Mann beizustehen! Er warf ihr einen dankbaren Blick zu, doch seine Augen mieden das mitleiderregende Bündel in ihren Armen.

»Ja, aber wir haben sie wenigstens über zehn Jahre verteilt«, sagte er.

»Wir werden eine Pause machen«, versicherte Harriet und fügte trotzig hinzu: »Mindestens drei Jahre!«

Wieder wurden Blicke gewechselt. Harriet las ihr Verdammungsurteil darin.

»Ich hab es ja gewußt«, sagte William, »diese armen Irren machen weiter.«

»Das haben diese Irren allerdings vor«, sagte David.

»*Ich* habe es euch doch gesagt«, sagte Dorothy. »Wenn Harriet sich einmal etwas in den Kopf gesetzt hat, kann man sich jedes weitere Wort sparen.«

»Das hat sie von ihrer Mutter«, murmelte Sarah bitter, was sich auf Dorothys Behauptung bezog, Harriet brauche sie jetzt mehr als sie, Sarah, ungeachtet des schwerbehinderten Kindes. »Du hältst viel mehr aus, Sarah«, hatte Dorothy betont. »Das Schlimme an Harriet ist, daß ihre Augen schon immer größer waren als ihr Magen.«

Jetzt saß Dorothy bei Harriet. Die kleine Jane, von der langen, bösen Nacht ermattet, döste auf ihrem Schoß. Sie saß aufrecht da, mit fester Miene, auch sie preßte die Lippen aufeinander, und ihren Augen entging nichts.

»Und was spricht dagegen?« fragte Harriet. Sie lächelte ihre Mutter an: »Was könnte ich Besseres tun?«

»Die beiden planen nur noch vier weitere Kinder«, verkündete Dorothy den anderen.

»Großer Gott«, sagte James ehrfürchtig, »ein Glück, daß ich so gut verdiene.«

David hörte dies nicht gern. Er wurde rot und blickte beiseite.

»Ach, stell dich doch nicht so an, David«, sagte Sarah und versuchte, nicht bitter zu klingen. Sie selbst brauchte Geld, und zwar dringend, aber es war David, der, obwohl er doch eine gute Stellung hatte, so oft zusätzlich etwas bekam. »Das mit den vier weiteren Kindern, das ist doch wohl nicht euer Ernst?« forschte sie dann seufzend, und jeder verstand, was sie damit meinte: vier weitere Herausforderungen an das Schicksal. Sie legte sanft die Hand über den Kopf ihres schlafenden Babys und hüllte es noch mehr ein, so, als müsse sie es vor der Welt schützen.

»Doch«, sagte David.

»Natürlich ist es unser Ernst«, bestätigte Harriet. »Im Grunde wünscht sich das doch jeder Mensch, aber man hat es uns ausgeredet. Gehirnwäsche. In Wahrheit würden alle gern so leben wie wir.«

»Als glückliche Familie«, sagte Molly leicht ironisch.

Sie trat von jeher dafür ein, alles an seinen Platz zu verweisen. Für sie war Häuslichkeit nur der Hintergrund für Wichtigeres.

»In dieser Familie sind wir der Mittelpunkt, Harriet und ich«, sagte David. »Nicht du, Mutter.«

»Gott behüte«, sagte Molly, und ihr breitflächiges Gesicht, das immer rot war, nahm vorübergehend Purpurfarbe an. Sie war gekränkt.

»Oh, schon gut«, sagte ihr Sohn. »Das hier war ja nie dein Stil.«

»Und meiner schon gar nicht«, sagte James, »aber ich sehe keinen Grund, mich dafür zu entschuldigen.«

»Warum auch«, schmeichelte Deborah, »du warst immer ein Super-Vater. Und Jessica eine Super-Mutter.«

Ihre leibliche Mutter hob bedeutsam die Brauen.

»Soweit ich mich erinnere, hast du deiner Mutter kaum je eine Chance gegeben«, bemerkte Frederick.

»Ach, in England ist's immer so eee-klig kalt«, jammerte Deborah.

James, ein wohlerhaltener, gutaussehender Mittfünfziger, in leuchtende Farben gekleidet, eigentlich für südlichere Gefilde, fast zu knallig, gestattete sich ein ironisches kleines Lachen durch die Nase: der abgeklärte Ältere entschuldigte sich mit einem Blick auf Molly und Frederick für die Taktlosigkeit der Jugend. »Wie auch immer«, nahm er den Faden wieder auf, »euer Familiensinn *liegt* mir nicht. Du irrst dich grundlegend, Harriet, mit dem, was du vorhin von ›Gehirnwäsche‹ gesagt hast. Das Gegenteil ist richtig. Früher hat man den Leuten eingeredet, die Familie sei das Höchste. Aber das ist längst überholt.«

»Wenn du das alles nicht magst, warum bist du dann hier?« fragte Harriet, viel zu kriegerisch für eine so nette Frühstücksrunde. Sie errötete denn auch sofort und rief erschreckt: »Nein, entschuldige, so war das nicht gemeint!«

»Natürlich wissen wir, daß es nicht so gemeint war«, sagte Dorothy. »Du bist einfach übermüdet.«

»Wir sind hier, weil wir es bei euch schön finden«, meldete sich eine Cousine Davids, die noch zur Schule ging und von ihrem Zuhause her ziemlich zerrüttete oder zumindest schwierige Verhältnisse gewohnt war, weswegen sie seit einiger Zeit alle Ferien bei den Lovatts verbrachte. Ihren Eltern war es sehr recht, daß sie so erfuhr, was ein intaktes Familienleben bedeutete. Sie hieß Bridget.

David und Harriet verständigten sich gerade, wie so oft, mit heimlich amüsierten Blicken und achteten nicht auf das Schulmädchen, das sie nun beinahe flehend ansah.

»Na los, ihr zwei«, sagte William, »sagt Bridget, daß sie euch immer willkommen ist!«

»Was? Was ist los?« fragte Harriet verblüfft.

»Ihr sollt Bridget sagen, daß sie willkommen ist«, wiederholte William. »Wir alle brauchen das von Zeit zu Zeit«, fügte er auf seine theatralische Art hinzu, wobei er nicht umhinkonnte, seiner Frau einen Blick zuzuwerfen.

»Aber natürlich bist du uns willkommen, Bridget«, sagte David. Er sah Harriet an, und sie sagte sofort: »Aber natürlich!« Sie meinte, das verstehe sich doch von selbst, und die Erinnerung an Hunderte von Eheszenen bewog Bridget jetzt, David und Harriet und die ganze Familie reihum anzusehen und zu sagen: »Wenn ich mal heirate, will ich es so machen wie ihr. Ich will so nett sein wie Harriet und David und ein großes Haus und ganz viele Kinder haben ... und ihr alle werdet mir immer willkommen

sein.« Sie war fünfzehn, dicklich und nicht besonders hübsch, aber jeder ahnte, daß sie demnächst aufblühen und schön werden würde. Sie sagten ihr das.
»Es ist nur natürlich«, sagte Dorothy gelassen. »Wer kein richtiges Zuhause hat, weiß es erst richtig zu schätzen.«
»Kein unbedingt logischer Schluß«, meinte Molly.
Das Schulmädchen blickte ratlos umher.
»Meine Mutter meint, daß man nur das hoch bewertet, was man von früh an selbst erfahren hat«, sagte David. »Aber ich bin der lebende Beweis dafür, daß das nicht so ist.«
»Willst du damit sagen, du hättest nie ein richtiges Zuhause gehabt?« protestierte Molly. »Das ist doch blanker Unsinn.«
»Du hattest sogar zwei«, sagte James.
»Ich hatte mein Zimmer«, sagte David. *»Mein Zimmer,* das war mein Zuhause.«
»Tja, vermutlich müssen wir für dieses Zugeständnis noch dankbar sein«, sagte Frederick. »Mir war nicht klar, daß du soviel entbehrt hast.«
»Habe ich auch nicht. Ich hatte ja mein Zimmer.«
Man entschloß sich, die Achseln zu zucken und zu lachen.
»Und ihr habt euch offenbar nie Gedanken darüber gemacht, wie schwierig es sein wird, allen eine gute Ausbildung zukommen zu lassen«, sagte Molly. »Zumindest hat man bisher davon noch nichts bemerkt.« Hiermit berührte sie jenen kritischen Punkt, der in diesem Hause so erfolgreich übergangen wurde. David war natürlich auf einer Privatschule erzogen worden.
»Luke kommt dieses Jahr hier in die Volksschule«, sagte Harriet. »Und Helen fängt nächstes Jahr an.«
»Nun, wenn euch das gut genug ist«, sagte Molly.
»Meine drei sind alle in normale Schulen gegangen«, sagte Dorothy, die das nicht unwidersprochen lassen konnte, aber Molly ging auf die Herausforderung nicht ein. Sie bemerkte nur: »Na ja, solange James euch unter die Arme greift ...«, womit sie zugleich

bekundete, daß sie und Frederick finanziell nichts beitragen konnten oder wollten.

James sagte nichts. Er verkniff sich diesmal sogar einen ironischen Blick.

»Wir haben noch fünf bis sechs Jahre«, sagte Harriet, wieder in ziemlich gereiztem Ton, »bis wir uns den Kopf wegen Lukes und Helens weiterer Ausbildung zerbrechen müssen.«

»Meinst du?« fragte Molly spitz. »Wir haben David gleich nach seiner Geburt an den entsprechenden Schulen angemeldet. Und Deborah auch.«

»Na und?« fragte Deborah. »Bin ich nun wegen meiner piekfeinen Erziehung was Besseres als Harriet? Oder sonstwer hier?«

»Ein vernünftiger Standpunkt«, sagte James, der die piekfeine Erziehung bezahlt hatte.

»Finde ich nicht«, beharrte Molly.

William seufzte übertrieben auf. »Wir armen, armen Bettelkinder! Armer William. Arme Sarah. Arme Harriet. Arme Bridget. Sag mal, Molly, würde ich wohl wieder einen anständigen Job kriegen, wenn ich auf so einer vornehmen Schule gewesen wäre?«

»Davon war nicht die Rede«, sagte Molly.

»Sie meint«, warf Sarah ein, »daß du als Arbeitsloser oder mit deinem miesen Job glücklicher wärst, wenn du wenigstens eine gute Erziehung genossen hättest.«

»Tut mir leid«, sagte Molly. »Die staatlichen Schulen sind furchtbar, und sie werden immer schlechter. Harriet und David haben vier Kinder zu erziehen. Und offenbar sollen noch ein paar dazukommen. Woher wißt ihr, ob James euch auch in Zukunft helfen kann? In dieser Welt kann alles mögliche passieren.«

»Das tut es schon immer«, sagte William bitter, lachte aber besänftigend dabei.

Harriet rutschte unbehaglich in ihrem Sessel herum, nahm Paul von der Brust, wobei sie sich mit einer Geschicklichkeit bedeckt hielt, die allen Zuschauern Bewunderung abrang, und sagte: »Können wir dieses Gespräch nicht beenden? Es ist ein so schöner Morgen ...«

»Natürlich helfe ich euch weiter, in den Grenzen des Möglichen«, sagte James.

»Oh, James ...«, sagte Harriet, »danke ... danke ... Wie lieb von dir ... Übrigens, wie wär's mit einem kleinen Ausflug? Wir könnten ein Picknick im Wald veranstalten.«

Der Vormittag war zerronnen. Es war Mittag. Die Sonne schien durch die Vorhänge, verwandelte ihr Rot in ein intensives Orange, warf schimmernde Rhomben auf den Tisch und zauberte Glanzlichter auf die herumstehenden Tassen, Teller und die Obstschale. Die Kinder waren wieder vom Boden heruntergekommen und spielten jetzt im Garten. Einige der Erwachsenen sahen ihnen von den Fenstern aus zu. Der Garten war immer noch ungepflegt, es blieb einfach keine Zeit für ihn. Der Rasen hatte einige kahle Stellen, und überall lag Spielzeug herum. Die Vögel saßen im Gebüsch, zwitscherten und sangen und ließen sich von den Kindern nicht stören. Die kleine Jane strampelte sich von Dorothys Schoß herunter und lief mit ungelenken Kinderschritten hinaus zu den anderen, die lärmend herumtobten, aber sie war mit ihren zwei Jahren noch zu klein, um das Spiel richtig zu begreifen. Einige der Größeren nahmen sich ihrer an und richteten ihr Spiel geschickt auf sie aus. Vor einer Woche, am Ostersonntag, hatten die Eltern überall bunte Eier versteckt. Welch ein Fest, als die Kinder von allen Seiten die magischen Eier herbeibrachten, die Harriet, Dorothy und Bridget, das Schulmädchen, die halbe Nacht hindurch bemalt hatten.

Harriet hatte das Baby auf dem Arm und stand zusammen mit David am Fenster. Er legte ihr den Arm um die Schultern. Sie wechselten einen raschen Blick, halb beschämt, weil sie ihr Lächeln nicht unterdrücken konnten, obwohl sie wußten, daß sie die anderen damit vermutlich reizten.

»Ihr zwei seid unverbesserlich«, sagte William. »Hoffnungslose Fälle«, fügte er, zu den anderen gewendet, hinzu. »Na ja, wer könnte sich beklagen? Ich nicht. Wie ist das jetzt mit unserem Picknick?«

Die Gesellschaft füllte fünf Autos; die Kinder quetschten sich zwischen die Erwachsenen oder wurden auf den Schoß genommen.

Der Sommer verlief wie gewohnt, zwei Monate lang kam die Familie und ging und kam wieder. Das Schulmädchen war immer mit von der Partie, die arme Bridget, sie klammerte sich förmlich an dieses Wunder von einer Familie. Dasselbe taten im Grunde auch Harriet und David. Mehr als einmal sahen sie ihr eigenes Wesen im Gesicht des Mädchens widergespiegelt, das soviel Ehrerbietung, fast Ehrfurcht und ständige Wachsamkeit ausdrückte, als ob sie Angst hätte, einen Moment der Erleuchtung oder der Gnade zu verpassen, falls ihre Aufmerksamkeit einmal nachlassen sollte. Es war schon fast peinlich. Es war zuviel, zu übertrieben... Sicher hätten sie ihr sagen sollen: »Schau, Bridget, erwarte nicht soviel. Das Leben ist nicht wirklich so!« Aber das Leben *war* so, wenn man die richtige Wahl traf: Warum also sollten sie das Gefühl haben, Bridget könnte nicht bekommen, was sie in so reichem Maße hatten?

Noch bevor die Verwandtschaft zum Weihnachtsfest 1973 wieder bei ihnen zusammenströmte, war Harriet aufs neue schwanger. Diesmal zu ihrer und Davids größter Bestürzung. Wie hatte das geschehen können? Sie hatten sich doch vorgenommen, eine Weile keine Kinder mehr zu bekommen, und sich entsprechend vorsichtig verhalten. David versuchte zu witzeln: »Es liegt an diesem Zimmer, ich könnte schwören, es ist so eine Art Baby-Maschine!«

Sie schoben es auf, Dorothy ins Bild zu setzen. Sie war sowieso nicht da, weil Sarah wieder gesagt hatte, es sei ungerecht, daß sie immer nur Harriet helfe. Aber Harriet wurde einfach nicht mehr allein mit allem fertig. Sie hatte drei Hausgehilfinnen hintereinander, die frisch von der Schule kamen und Schwierigkeiten hatten, eine andere Arbeit zu finden. Sie taugten nicht viel. Harriet fand, sie kümmerte sich mehr um die Mädchen als diese sich um sie. Sie kamen oder blieben weg, wie es ihnen paßte, und saßen dann mit ihren Freundinnen herum und tranken Tee, während Harriet sich abrackerte. Sie war gehetzt, erledigt, reizbar, sie verlor oft die Fassung und brach in Tränen aus... David sah sie am Küchentisch sitzen und den Kopf zwischen den Händen halten, und sie stammelte, dieser neue Fötus vergifte sie innerlich. Der kleine Paul lag unbeachtet in seinem Wägelchen und wimmerte vor sich hin. David nahm vierzehn Tage Urlaub, um zu Hause zu bleiben und Harriet zu helfen. Sie hatten immer gewußt, wieviel sie Dorothy verdankten, aber jetzt wußten sie es noch besser – und wenn Dorothy hörte, daß ihre Tochter schon wieder schwanger war, würde sie ärgerlich werden. Sehr ärgerlich. Und das mit Recht.

»Wenn wir erst Weihnachten haben, wird alles leichter sein«, weinte Harriet.

»Das ist doch wohl nicht dein Ernst«, fuhr David sie an. »Natürlich kann dieses Jahr niemand kommen.«

»Aber es ist viel einfacher, wenn ich Leute um mich habe. Alle helfen mir.«

»Dieses Jahr werden *wir* einen unserer Dauergäste besuchen«, knirschte David, aber dieser Gedanke erledigte sich nach fünf Minuten von selbst. In keinem Haushalt außer dem ihren konnten zusätzlich sechs Leute untergebracht werden.

Harriet lag schluchzend auf dem Bett. »Ich will alle hierhaben. Oh, David, lade sie nicht aus, bitte... Sie lenken mich wenigstens ein bißchen ab.«

Er setzte sich auf seine Bettkante, sah sie beunruhigt an und verscheuchte seine kritischen Nebengedanken. Gerade jetzt wäre es ihm lieber gewesen, das Haus nicht wieder wochenlang voller

Gäste zu haben. Es war derart kostspielig, und sie waren immer knapp dran. Er hatte schon Nebenarbeiten angenommen, und nun mußte er hier zu Hause auch noch das Kindermädchen spielen.

»Du mußt einfach eine ordentliche Hilfe haben, Harriet. Versuch doch endlich einmal, eine zu halten.«

Die darin versteckte Kritik versetzte sie in Zorn. »Das ist nicht fair. Du mußt dich nicht mit ihnen herumärgern. Sie sind zu nichts gut. Ich glaube, von denen, die wir bis jetzt hatten, hat noch keine in ihrem ganzen Leben wirklich gearbeitet.«

»Etwas haben sie doch gemacht, und wenn es nur der Abwasch war.«

Dorothy rief an und sagte, jetzt müßten sich Sarah und Harriet einmal ohne sie behelfen: Sie, Dorothy, brauche einfach selbst eine Ruhepause. Sie werde sich für ein paar Wochen in ihre eigene Wohnung zurückziehen und sich erholen. Harriet weinte derart, daß sie kaum sprechen konnte. Dorothy brachte nicht heraus, was ihr denn fehlte. Schließlich sagte sie: »Also gut, es scheint, daß ich doch kommen muß.«

Sie kam, setzte sich mit David und Harriet an den großen Tisch (die vier Kinder waren ebenfalls da) und sah Harriet streng an. Daß ihre Tochter wieder schwanger war, hatte sie in der ersten halben Stunde nach ihrer Ankunft begriffen. Man sah in ihrem Gesicht, daß ihr schlimme Dinge auf der Zunge lagen: »So ist das also. Ich bin eure Putzfrau, ich diene als Magd in diesem Hause!« Oder: »Ihr seid unglaubliche Egoisten, alle beide. Unverantwortlich.« Diese Worte lagen in der Luft, wurden aber nicht ausgesprochen. Sie wußten alle, daß, wenn Dorothy sich nicht zügelte, kein Halten mehr wäre.

Sie saß am oberen Tischende, nahe dem Herd, rührte endlos in ihrem Tee und hatte dabei ein Auge auf den kleinen Paul, der in seinem Kinderstühlchen quengelte und jemanden zum Schmusen suchte. Dorothy sah selbst müde aus. Ihr graues Haar war zerzaust. Auf dem Weg in ihr Zimmer, wo sie sich frischmachen wollte, war sie von Luke, Helen und Jane abgefangen und stürmisch abgeküßt worden; die Kinder hatten sie vermißt. Jetzt wußten sie, daß die gereizte und hektische Stimmung, die seit Wochen im Haus herrschte, ein Ende haben würde.

»Ihr wißt, daß zu Weihnachten wieder alle kommen wollen«, sagte Dorothy mit Nachdruck und sah Harriet und David dabei bewußt nicht an.

»O ja, ja, ja!« jubelten Luke und Helen, tanzten in der Küche herum und sangen dazu: »Ja, ja, ja! Wann kommen sie denn? Kommt Tony auch? Und Robin? Und Anne?«

»Setzt euch«, befahl David so kalt und scharf, daß sie ihn verblüfft und verletzt anblickten und gehorchten.

»Es ist ein Wahnsinn«, sagte Dorothy. Sie war hochrot von dem heißen Tee und all den Wahrheiten, die sie mit Gewalt hinunterschluckte.

»Natürlich müssen alle kommen!« weinte Harriet auf und lief hinaus.

»Es ist ihr sehr wichtig«, sagte David entschuldigend.

»Dir nicht?« fragte Dorothy sarkastisch.

»Die Sache ist die, daß Harriet völlig durcheinander ist«, erklärte David. Dabei sah er Dorothy an und versuchte ihren Blick auf sich zu ziehen. Aber sie ließ sich nicht darauf ein.

»Was heißt das, Mutter ist völlig durcheinander?« forschte der sechsjährige Luke, bereit, ein Wortspiel daraus zu machen. Oder vielleicht ein Rätsel. Doch er schien etwas verängstigt. David streckte den Arm nach ihm aus, und der Junge kam näher und sah ihm aufmerksam ins Gesicht.

»Nichts, Luke, ist schon gut.«

»Ihr müßt eine Hilfe finden«, sagte Dorothy.

»Das haben wir schon mehrmals versucht.« David erzählte, wie es ihnen mit den drei netten und gleichgültigen Mädchen ergangen war.

»Das wundert mich nicht. Wer will heutzutage noch redlich arbeiten?« sagte Dorothy. »Aber ihr kommt nicht mehr ohne Hilfe aus. Und laß dir eins sagen: Ich beabsichtige nicht, mein Leben als euer und Sarahs Dienstmädchen zu beschließen.«

Luke und Helen starrten ihre Großmutter ungläubig und entsetzt an und brachen in Tränen aus. Nach einer kurzen Pause nahm Dorothy sich spürbar zusammen, um sie zu trösten.

»Ist schon gut, schon gut«, murmelte sie. »Und nun bringe ich Paul und Jane zu Bett. Ihr beide, Luke und Helen, könnt schon allein schlafen gehen. Ich komme später zum Gute-Nacht-Sagen. Und dann möchte eure Oma selbst schlafen. Ich bin müde.«

Die Kinder schlichen eingeschüchtert die Treppe hinauf.

Harriet kam diesen Abend nicht mehr herunter, aber ihr Mann und ihre Mutter wußten ohnehin, daß ihr übel war. Daran hatte man sich mittlerweile gewöhnt, aber nicht an Gereiztheit, schlechte Laune und Tränen.

Als die Kinder im Bett lagen, erledigte David einiges von der Arbeit, die er aus dem Büro mitgebracht hatte, und machte sich ein Sandwich. Dorothy, die zu einer letzten Tasse Tee herunterkam, gesellte sich zu ihm. Diesmal vermieden sie jeden Wortwechsel und saßen nur in einträchtigem Schweigen beieinander, wie zwei alte Kampfgenossen, die neuen Feuerproben und Schwierigkeiten entgegensehen.

Dann ging David hinauf in das große, halbdunkle Schlafzimmer, wo die erleuchteten Fenster eines ziemlich weit entfernten Nachbarhauses Licht- und Schattenmuster an die Decke warfen. Er stand da und blickte auf das breite Bett, in dem Harriet lag. Schlief sie? Der kleine Paul lag schlafend und bloßgestrampelt an sie geschmiegt. David beugte sich nieder, wickelte Paul vorsichtig in seine Schmusedecke und trug ihn ins Nebenzimmer. Am Aufblinken von Harriets Augen sah er, wie sie seinen Bewegungen folgte.

Er legte sich neben sie und streckte, wie immer, einladend den Arm aus, damit sie den Kopf darauf betten und sich an ihn heranziehen lassen konnte.
Aber sie sagte: »Fühl mal!« und leitete seine Hand auf ihren Bauch.
Sie war ungefähr im dritten Monat, und dieses neue Baby hatte bisher noch kein Lebenszeichen von sich gegeben. Aber nun fühlte David ein Zucken unter seiner Hand, dem ein paar ziemlich harte Stöße folgten.
»Kann es sein, daß du nicht erst im dritten bist?« Er spürte das Gerumpel von neuem und konnte es kaum glauben.
Harriet weinte schon wieder, und David fand im stillen, obwohl es natürlich unfair war, daß sie sich nicht mehr an die Regeln ihres gemeinsamen Lebens hielt. Tränen und Gejammer hatten nie auf ihrem Plan gestanden!
Sie fühlte sich von ihm zurückgestoßen. Bisher hatten sie es immer genossen, zusammen im Bett zu liegen und ein neues Leben zu begrüßen. Viermal schon hatte Harriet auf das erste kleine Geflatter gewartet und in sich hineingelauscht, hatte sich zunächst ein paarmal getäuscht und war sich dann sicher: Es war so, als ob ein kleiner Fisch blubberte. Bald fühlte sie Reaktionen auf ihre Bewegungen, auf ihre Berührungen und sogar, dessen war sie sicher, auf ihre Gedanken.
Heute früh aber, als sie noch im Dunkeln lag, bevor die Kinder aufwachten, hatte sie ein gleichsam forderndes Klopfen in ihrem Bauch verspürt. Sie hatte sich ungläubig halb aufgesetzt und auf ihren noch ganz flachen, weichen Leib hinabgeblickt, doch es pochte gebieterisch weiter, wie eine winzige Trommel. Harriet hatte sich den ganzen Tag auf Trab gehalten, um die Signale dieses neuen Wesens zu überhören; bei keiner ihrer früheren Schwangerschaften hatte sie so etwas erlebt.
»Am besten gehst du gleich morgen zu Doktor Brett und läßt die Daten überprüfen«, sagte David.

Harriet antwortete nicht. Sie fühlte, daß das Problem anderswo lag, wußte aber nicht, warum.
Immerhin ging sie zu Doktor Brett.
Er sagte: »Nun ja, vielleicht haben wir uns um einen Monat geirrt. Aber wenn das so ist, sind Sie wirklich sehr achtlos gewesen, Harriet.«
Diese Schelte bekam sie nun von allen Seiten, und sie brauste auf: »Jeder macht mal einen Fehler!«
Der Arzt zog die Brauen zusammen, als er ihren Bauch abtastete und die deutlichen Bewegungen bemerkte. »Na, *dem* fehlt es offensichtlich nicht an Lebenskraft!« Dennoch machte er ein bedenkliches Gesicht. Er war ein abgehetzter, nicht mehr junger Mann, der, wie Harriet gehört hatte, in Eheschwierigkeiten steckte. Sie hatte sich ihm bisher stets überlegen gefühlt. Doch jetzt war es, als sei sie ihm auf Gnade und Ungnade ausgeliefert, und während sie da unter seinen Händen lag und in sein berufsmäßig zurückhaltendes Gesicht aufblickte, sehnte sie sich nach ein paar weiteren Worten. Welchen? Nach einer *Erklärung.*
»Sie werden sich daran gewöhnen müssen«, sagte er und wandte sich ab.
»Du dich auch!« murmelte sie unhörbar hinter seinem Rücken und beschimpfte sich gleichzeitig selbst: Du mißgelauntes Weib.
Als die Weihnachtsgäste eintrafen, wurde jedem sofort mitgeteilt, daß Harriet, wenn auch ungewollt, in anderen Umständen sei, aber nun freuten sie sich sehr darüber, wirklich... Doch Dorothy sagte nur: »Sprecht für euch und nicht für mich.« Der Trubel mußte in diesem Jahr noch größer sein als gewöhnlich, aber Harriet durfte weder kochen noch sonst irgendeine Hausarbeit machen. Sie sollte sich bedienen lassen.
Alle waren, als sie von Harriets erneuter Schwangerschaft hörten, zuerst erschrocken, dann peinlich berührt, dann krampfhaft witzig. Sooft Harriet und David einen Raum betraten, in dem die Familie sich lebhaft unterhielt, verstummte alles. Man hatte

natürlich über sie gesprochen, hatte sie verurteilt. Dorothy, die den Haushalt in Gang hielt, fand hochachtungsvolle Anerkennung. Auch der Druck auf Davids Finanzen kam zur Sprache – schließlich bezog er kein sehr großes Gehalt. Man erging sich in spaßigen Mutmaßungen, wie James Lovatt wohl die große Neuigkeit aufnehmen würde. David und Harriet wurden mit ihrer löblichen Fruchtbarkeit und der magischen Atmosphäre ihres Schlafzimmers geneckt. Die beiden gingen fast erleichtert auf solche Scherze ein. Aber all dies Geschwätz hatte einen verborgenen Stachel in sich, und die Leute betrachteten die jungen Lovatts mit anderen Augen als in den Jahren zuvor. Die stille, beharrliche Geduld, die dieses Paar einst zusammengeführt und dieses Haus ins Leben gerufen hatte, die all diese unterschiedlichen Charaktere aus den verschiedenen Gegenden Englands, ja sogar aus fernen Erdteilen anzog – James war auf dem Weg von den Bermudas, Deborah wollte aus den Staaten kommen, und sogar Jessica hatte einen kurzen Besuch versprochen –, diese Eigenschaft, wie man sie auch nennen mochte, diese Lebensbejahung, der man in der Vergangenheit mit Respekt begegnet war (ob nun widerwillig oder aus vollem Herzen), zeigte jetzt ihre Kehrseite. Harriet lag bleich und unzugänglich auf ihrem Bett, kam manchmal herunter, entschlossen, »mit von der Partie« zu sein, was ihr aber mißlang, und so zog sie sich wieder zurück. Dorothys Geduld hatte etwas Verbissenes, denn sie arbeitete von Tagesanbruch bis in die Nacht. Die Kinder bettelten um Aufmerksamkeit und wurden unausstehlich, besonders der kleine Paul.

Doktor Brett hatte den Lovatts ein neues Mädchen aus dem Dorf besorgt. Sie war nett und faul wie die drei anderen, sah nie, was zu tun war, wenn Dorothy sie nicht mit der Nase darauf stieß. Die Berge von Arbeit, die die vier Kinder verlangten, faßte sie als persönliche Beleidigung auf. Immerhin gefielen ihr die vielen Leute, die überall herumsaßen und plauderten, und binnen kurzem saß sie mit ihnen herum und nahm an ihren Mahlzeiten teil.

Sie fand es ganz natürlich, daß die Gäste sie mit bedienten. Jeder wußte, daß sie sehr bald einen Kündigungsgrund finden würde, wenn erst diese amüsante Party auseinandergegangen war.
Und das tat sie, früher als gewöhnlich. Jessica (deren bunte Sommerkleider dem englischen Winter kein Zugeständnis machten, abgesehen von einer leichten Strickjacke) war nicht die einzige, der plötzlich einfiel, daß sie noch ein paar anderen Leuten ihren Besuch versprochen hatte. Sie fuhr ab, und Deborah fuhr gleich mit. James folgte. Davids Stiefvater Frederick hatte dringend ein Buch fertigzuschreiben. Das einst so verzückte Schulmädchen Bridget fand Harriet einmal vor, wie sie dalag und beide Hände auf ihren Leib preßte, wobei ihr die Tränen über das Gesicht strömten und sie vor unbestimmten, unnennbaren Schmerzen stöhnte, ein Erlebnis, das Bridget derart traf, daß auch sie weinte und sagte, sie hätte ja immer gewußt, es sei zu schön, um wahr zu sein. Und damit fuhr sie zurück zu ihrer Mutter, die gerade geschieden und neu verheiratet war und sie absolut nicht brauchen konnte.
Wie vorauszusehen, ging auch die sogenannte Hausgehilfin, und David bemühte sich in London um eine ausgebildete Kinderschwester. Er konnte sie sich zwar nicht leisten, aber sein Vater hatte ihm gesagt, er würde zahlen. Bis es Harriet wieder bessergehe, hatte er gesagt. Ungewohnt mürrisch gab er seiner Meinung Ausdruck, daß Harriet ihr Schicksal selbst gewählt habe und nicht ständig erwarten sollte, daß andere die Zeche bezahlten.
Sie fanden keine Kinderschwester: Alle wollten entweder mit Familien, die nur ein oder zwei Babys hatten, ins Ausland gehen, oder sie wollten in London bleiben. Die Kleinstadt, die vier Kinder, und dazu noch eines unterwegs, das schreckte alle ab.
Doch schließlich erklärte sich eine Cousine Fredericks, eine verarmte Witwe, bereit, Dorothy zu helfen. Sie hatte selbst drei erwachsene Kinder, und Enkel dazu, aber sie sagte, sie wolle ihnen nicht lästig fallen – eine Bemerkung, die Dorothy zu einer trocke-

nen Erwiderung veranlaßte, die wiederum Harriet wie einen Vorwurf empfand. Dorothy gefiel es nicht, daß eine Frau ihres eigenen Alters sich in ihre Befugnisse einmischte, aber das half nun nichts. Harriet selbst schien fast nichts mehr tun zu können.

Sie ging wieder zu Doktor Brett, denn sie fand weder Schlaf noch Ruhe. Der Fötus schien sich schon jetzt mit aller Energie seinen Weg aus dem Mutterleib bahnen zu wollen.

»Sehen Sie sich das an«, sagte sie, als ihre Bauchdecke sich stürmisch hob und senkte. *»Fünf Monate.«*

Er machte die üblichen Tests und sagte dann: »Ja, es ist groß für fünf Monate, aber noch im Rahmen des Normalen.«

»Haben Sie vielleicht schon mal einen solchen Fall gehabt?« fragte Harriet so scharf und direkt, daß der Arzt sie befremdet ansah.

»Natürlich habe ich schon massenhaft kräftige Babys gesehen«, erwiderte er kurz, und als Harriet weiterfragte: »Im fünften Monat? Wie dieses hier?«, ging er weiteren Auskünften aus dem Weg. Sie fühlte, daß er nicht ehrlich war. »Ich verschreibe Ihnen ein Sedativum«, sagte Doktor Brett. Ihr? Sie hatte eher den Eindruck, es sollte das Baby stillegen.

Von nun an scheute sie sich vor dem Arzt und bat andere Leute um Beruhigungsmittel. Sie sagte David nicht, daß und wieviel sie nahm. Es war das erste Mal, daß sie ihm etwas verheimlichte. Der Fötus verhielt sich nach jeder Einnahme etwa eine Stunde lang ruhig, und Harriet hatte eine Atempause von all dem endlosen Gerumpel und Gestrampel. Manchmal war es so schlimm, daß sie vor Schmerz aufschrie. Nachts hörte David ihr unterdrücktes Stöhnen und Wimmern, aber er versuchte nicht mehr, sie zu trösten, denn in diesen Tagen half es ihr gar nichts, wenn er sie in die Arme nahm.

»Mein *Gott*«, flüsterte oder ächzte oder stöhnte sie, und dann setzte sie sich plötzlich auf, oder sie kroch aus dem Bett und strebte vornübergebeugt aus dem Zimmer, rasch, als könnte sie so dem Schmerz entfliehen.

David hatte längst aufgehört, auf die altvertraute kameradschaftliche Weise Harriets Bauch zu streicheln, denn was er da fühlte, ging über seine Fassungskraft. Es war doch nicht möglich, daß ein so kleines, unfertiges Wesen derart erschreckende Kräfte entfaltete, und doch war es so. Und nichts, was David sagte, schien Harriet zu erreichen, die ihm wie besessen vorkam und sich in diesem Kampf mit dem Ungeborenen, von dem er ausgeschlossen war, weit von ihm entfernt hatte.

Oft geschah es, daß er aufwachte und sie im dunklen Zimmer hin und her gehen sah, Stunde um Stunde. Dann legte sie sich endlich hin, versuchte, gleichmäßig zu atmen, fuhr mit einem Jammerlaut wieder hoch, merkte, daß er wach war, und ging hinunter in den großen Gemeinschaftsraum, wo sie weiter hin und her laufen konnte, stöhnend, weinend, fluchend, ohne beobachtet zu werden.

Als die Osterferien nahten und die beiden alten Damen davon sprachen, daß sie das Haus herrichten müßten, sagte Harriet: »Sie können nicht kommen. Sie können unmöglich kommen.«

»Aber sie erwarten es doch«, sagte Dorothy.

»Wir schaffen das schon«, sagte Alice.

»Nein«, sagte Harriet.

Die Kinder erhoben ein lautes Jammer- und Protestgeschrei, aber Harriet ließ sich nicht erweichen. Dorothys Mißfallen wuchs. Zwei tüchtige Frauen stellten sich zur Verfügung, sie und Alice, um alle Arbeit zu übernehmen, da war es doch wohl das mindeste, daß Harriet...

»Willst du wirklich niemanden von der Familie hierhaben?« fragte David, nachdem die Kinder ihn angebettelt hatten, der Mutter gut zuzureden.

»Ach, macht, was ihr wollt«, sagte Harriet ermattet.

Aber als die Ostergesellschaft beisammen war, sollte Harriet recht behalten: Es wurde kein Erfolg. Wenn sie so am Tisch saß und sich mit abgespanntem, geistesabwesendem Gesicht gegen die nächste Attacke wappnete, erstarb jedes Gespräch, und allen war die Laune verdorben. »Was hast du da bloß drin?« versuchte Schwager William ungeschickt zu witzeln, als er sah, wie Harriets Bauch sich förmlich aufbäumte. »Einen Ringkämpfer?«

»Das weiß Gott allein«, sagte Harriet bitter, ohne sich auf seinen Ton einzulassen. »Wie soll ich das bloß bis Juli durchstehen?« fügte sie kaum hörbar hinzu, wie von Grauen gepackt. »Ich halt das nicht aus! Ich halt das einfach nicht mehr aus!«

Für alle Familienangehörigen, auch David, stand fest, daß Harriet lediglich überanstrengt war, weil dieses fünfte Kind zu bald nach dem vierten kam. Man mußte ihr vieles nachsehen. Harriet blieb allein mit ihrem Martyrium, und sie wußte, daß es nicht anders sein konnte, daß sie ihrer Familie keinen Vorwurf deswegen machen durfte und daß es ihnen unmöglich war, ihr nachzufühlen, was auch sie selbst nur nach und nach und gezwungenermaßen begriffen hatte. Sie wurde schweigsam, verdrießlich, mißtrauisch gegen sie alle und ihre unausgesprochenen Gedanken. Das einzige, was ihr half, war dauernde Bewegung.

Wenn sie eine starke Dosis Beruhigungsmittel genommen hatte und der Feind (so dachte sie jetzt schon an den fremden Wildling in ihr) eine Stunde lang Ruhe gab, machte sie soviel wie möglich aus der Gnadenfrist und schlief. Sie riß den Schlaf geradezu an sich, hielt ihn fest und trank ihn in sich hinein – bis das fremde Wesen in ihr mit einem Ruck wieder zu sich kam und sich dehnte und reckte, ein Gefühl, das Harriet Übelkeit verursachte. Sie wischte die Küche auf, reinigte Wohnzimmer und Treppen, putzte die Fenster und scheuerte Schränke, um mit dem ganzen Einsatz ihres Körpers den Schmerz zu betäuben. Sie bestand darauf, daß ihre Mutter und Alice sie arbeiten ließen, und wenn die älteren Damen meinten, die Küche habe es doch nicht schon wieder nötig, erwiderte Harriet: »Die Küche nicht, aber ich.«

Wenn die anderen zum Frühstück zusammenkamen, hatte sie womöglich schon drei oder vier Stunden gearbeitet und sah hohläugig und verhärmt aus. Sie brachte David zum Bahnhof und die beiden »Großen« zur Schule und in den Kindergarten, ließ dann den Wagen irgendwo stehen und lief umher. Sie rannte beinahe im Sturmschritt durch die Straßen, blindlings, stundenlang, bis sie merkte, daß sie Aufsehen erregte. Daraufhin gewöhnte sie sich an, eine kurze Strecke ins Land hinein zu fahren, dann auszusteigen und an den Feldrainen entlangzulaufen. Leute, die im Auto vorbeikamen, drehten sich verdutzt nach dieser bleichen Frau um, die mit fliegenden Haaren und offenem Mund daherstürmte, keuchend, die Arme vor dem Leib. Manche hielten an, um ihr Hilfe anzubieten, doch sie schüttelte den Kopf und rannte weiter.

So verging die Zeit. Sie verging wirklich, obgleich für Harriet in einem anderen Maßstab als für ihre Umgebung und auch nicht nach dem gewohnten Schwangerschaftskalender, der langsam und behäbig das Wachstum des werdenden Geschöpfes anzeigt. Harriets Zeit bestand aus Dulden und Leiden. In ihrem Hirn tummelten sich Gespenster und Chimären. Manchmal dachte sie: Wenn die Gen-Techniker mit ihren Experimenten Erfolg haben und zwei Tierarten von ganz verschiedener Größe zusammenflicken, dann muß die arme Mutter, die es austrägt, sich so fühlen wie ich. Sie stellte sich jämmerlich verpfuschte Geschöpfe vor, etwa die Kreuzung zwischen einem Bernhardiner oder Barsoi und einem Zwergspaniel, zwischen einem Löwen und einem Hund, einem dicken Brauereipferd und einem kleinen Esel, einem Tiger und einer Ziege. Manchmal glaubte sie, Hufe zu spüren, die ihr die Eingeweide zerrissen, oder Raubtierkrallen.

Nachmittags holte sie die Kinder von der Schule ab, und später auch David von der Bahn. Während des Abendessens lief sie rastlos in der Küche herum, dann setzte sie die Kinder vor den

Fernseher und ging ins Dachgeschoß hinauf, um allein im Flur hin und her zu hasten.

Die Familie hörte ihre raschen, schweren Schritte, und keiner wagte den anderen anzusehen.

So verging die Zeit. Sie verging wirklich. Der siebente Monat ließ sich etwas besser an, doch nur dank der Drogen, die Harriet einnahm. Von dem Moment an, als ihr mit Schrecken bewußt wurde, welcher Abgrund sich zwischen ihr und ihrem Mann, zwischen ihr und den Kindern, ihrer Mutter und Alice aufgetan hatte, teilte sie ihren Tag nach einem ausgeklügelten Plan ein, um nur das eine zu erreichen: von vier Uhr nachmittags, wenn die Kinder aus der Schule kamen, bis zur Schlafenszeit um acht oder neun ganz normal zu erscheinen. Die Drogen hatten offenbar keine besondere Wirkung auf sie selbst; vielleicht gehorchten sie Harriets Willen und konzentrierten sich auf das Baby, den Fötus, dieses Wesen, mit dem sie zusammengesperrt war und einen Kampf auf Tod und Leben ausfocht. Mit den Drogen brachte sie es für die kritischen Stunden zur Ruhe, und wenn es Anzeichen von sich gab, wieder munter zu werden, nahm sie rasch eine zusätzliche Dosis.

Ach, wie freudig die Familie ihre »Rückkehr zur Normalität« begrüßte. Man übersah ihre innere Spannung, ihre Erschöpfung – weil Harriet es so wollte.

David legte den Arm um sie und fragte: »Oh, Harriet, geht es dir nun *wirklich* gut?«

Noch zwei Monate.

»Ja, ja, keine Sorge. Wirklich.« Und im stillen drohte sie dem Wesen, das da zusammengekauert in ihrem Leib saß: Wenn du nicht sofort still bist, nehme ich wieder eine Pille. Sie hatte den Eindruck, daß es sie hörte und verstand.

Eine Küchenszene: Die Familie beim Abendessen. Harriet und David saßen am Kopf- und Fußende des Tisches, Luke und Helen zusammen an einer der Längsseiten. Alice hatte den kleinen Paul, der nie genug schmusen konnte, auf dem Schoß; er bekam so wenig Zärtlichkeit von seiner Mutter. Jane saß nahe bei ihrer Großmutter, die mit der Schöpfkelle am Herd hantierte. Harriet beobachtete ihre Mutter, diese kräftige, gesunde Mittfünfzigerin mit den dicken eisengrauen Locken, dem frischen Gesicht und den großen blauen Augen – »wie Glasmurmeln« lautete ein Familienwitz –, und dachte: »Ich bin ebenso stark wie sie. Ich werde es überleben.« Und dann lächelte sie die dünne, drahtige, energisch zähe Alice an und dachte: »Man sehe sich nur diese älteren Frauen an. Sie haben alles überlebt.«

Dorothy füllte die Teller mit Gemüsesuppe und teilte sie aus. Dann setzte sie sich gemütlich an ihren eigenen Platz. Der große Brotkorb wurde herumgereicht. Der Familienfriede war zurückgekehrt und saß mit ihnen bei Tisch – und Harriets Hand, die unter der Kante niemand sah, legte sich über den Feind: *Du sei still.*

»Eine Geschichte!« bat Luke. »Erzähl uns was, Daddy.«

An den Wochentagen, denen ein Schultag folgte, wurden die Kinder abends früher abgefüttert und zu Bett geschickt. Aber freitags und samstags aßen sie zusammen mit den Erwachsenen und hatten Anspruch auf eine Geschichte.

Hier in der gastlichen Küche war es warm, und es roch nach der dampfenden Suppe. Draußen stürmte ein unruhiger Abend. Es war Mai. Die Vorhänge waren nicht zugezogen. Zweige schwankten vor dem Fenster, voll von reinweißen Frühlingsblüten, die im Zwielicht schimmerten, aber der Wind, der auf die Scheiben drückte, kam von irgendwelchen nördlichen Schneefeldern her. Harriet löffelte ihre Suppe und brockte sich Brot hinein. Ihr Appetit war enorm, unersättlich. Obwohl sie sich furchtbar schämte, plünderte sie den Kühlschrank, wenn es keiner sah, und unterbrach ihre nächtlichen Wanderungen, um sich mit allem vollzustopfen, was sie vorfand. Sie richtete sich sogar geheime Verstecke ein, wie es Alkoholiker mit ihren Flaschen machen, nur waren es bei ihr Lebensmittel: Schokolade, Brot, Pasteten.

David begann zu erzählen: »Es war einmal ein Geschwisterpärchen, das ging eines Tages auf Abenteuer aus. Sie gingen tief in den Wald hinein. Es war ein heißer Sommertag, aber unter den Bäumen war es kühl. Dann sahen sie ganz nahe einen Hirsch, der dalag und sich ausruhte. Vögel schwirrten umher und sangen ihnen etwas vor.«

David hielt inne, um einen Löffel Suppe zu essen. Helen und Luke saßen da und sahen ihren Vater unverwandt an. Jane hörte auch zu, aber anders. Mit ihren vier Jahren guckte sie zuerst nach, wie die Großen reagierten, und machte es dann genauso: Sie richtete die Augen wie gebannt auf David.

»Singen die Vögel auch für uns?« fragte Luke zweifelnd, mit gerunzelter Stirn. Er hatte ein klarliniges, ernstes Gesicht und wollte es immer ganz genau wissen. »Wenn wir im Garten sind und die Vögel hören, singen sie dann für uns?«

»Natürlich nicht, du Blödmann«, sagte Helen. »Der Wald war doch verzaubert!«

»Die Vögel singen immer für euch«, sagte Dorothy fest.

Die Kinder, deren erster Hunger gestillt war, saßen mit dem Löffel in der Hand da und sahen mit großen Augen auf ihren Vater. Harriets Herz wurde schwer. Sie waren so offen, so voller Vertrauen, so hilflos. Auf dem Bildschirm wurde gerade professionell kühl von einigen Morden in einem Londoner Vorort berichtet. Harriet stand schwerfällig auf, um das Gerät abzuschalten, schleppte sich von da an den Herd, holte sich noch einen Teller Suppe, brockte wieder Brot hinein. Dabei hörte sie David zu, der heute als Erzähler an der Reihe war. Wie oft hatten sich seine, ihre und Dorothys Stimmen in dieser Küche abgewechselt!

»Die Kinder bekamen Hunger, und was stand da wohl? Ein Strauch voller Schokoladenriegel. Dann kamen sie an einen Teich, der bestand aus Orangensaft. Nun wurden sie aber müde.

Sie legten sich zu dem netten Hirsch unter einen Busch. Als sie aufwachten, bedankten sie sich bei dem Hirsch und gingen weiter.

Plötzlich merkte die Kleine, daß sie allein war. Sie hatte ihren Bruder verloren. Sie wollte nach Hause, aber wußte den Weg nicht mehr. Vergebens sah sie sich nach dem freundlichen Hirsch oder irgendeinem Vogel um, der ihr hätte sagen können, wo sie war und wo es aus dem Wald herausging. Lange wanderte sie aufs Geratewohl dahin, und dann bekam sie wieder Durst. Sie fand einen Teich und dachte, es sei vielleicht wieder Orangensaft, aber diesmal war es Wasser, reines, klares Waldwasser, und es schmeckte nach Pflanzen und Steinen. Sie trank, so: aus den flachen Händen.« Hier griffen die beiden Älteren automatisch nach ihren Bechern und tranken ebenfalls, während Jane versuchte, es dem Vater nachzutun und mit den Händen eine Schale zu bilden.

»Sie setzte sich am Rand des Teiches nieder. Bald würde es dunkel werden. Sie beugte sich über das Wasser, vielleicht könnte ihr ein Fisch den Weg aus dem Wald weisen. Aber dann sah sie etwas ganz Unerwartetes. Es war das Gesicht eines Mädchens, das aus der Wassertiefe zu ihr aufblickte. Sie hatte dieses Gesicht in ihrem ganzen Leben noch nicht gesehen. Das fremde Mädchen lächelte, aber es war ein böses, gar nicht freundliches Lächeln, und unsere Kleine dachte schon, das fremde Mädchen würde nach ihr greifen und sie zu sich ins Wasser ziehen ...«

Dorothy, die diese Wendung zu gruselig für eine Gutenachtgeschichte fand, zog hörbar den Atem ein.

Aber die Kinder saßen vor Spannung wie versteinert. Der kleine Paul, dem es auf Alices Schoß langweilig wurde, heimste von Helen ein »Nun sei bloß still!« ein.

»Phyllis, unser kleines Mädchen hieß Phyllis, hatte noch nie so unheimliche Augen gesehen.«

»Ist das die Phyllis aus meinem Kindergarten?« fragte Jane.

»Quatsch«, sagte Luke.
»Quatsch«, sagte auch Helen.
David machte eine Pause. Offenbar hatte ihn die Inspiration verlassen. Er zog die Brauen zusammen und bekam einen leeren Blick, als hätte er Kopfweh.
Harriet hätte ihn am liebsten angeschrien: »Hör auf! Laß das! Du sprichst ja von mir – das ist dir nicht von ungefähr eingefallen!« Sie konnte nicht glauben, daß David es nicht selbst merkte.
»Und dann?« forschte Luke. »Was ist dann genau passiert?«
»Nun warte doch«, sagte David. »Meine Suppe wird kalt.« Er nahm einen Löffel voll.
»Ich weiß, was weiter passierte«, sagte Dorothy entschieden. »Phyllis beschloß, diesen scheußlichen Teich zu verlassen, und zwar sofort. Sie rannte schnell weg, und auf dem Waldweg lief sie ihrem Bruder in die Arme, der schon lange nach ihr gesucht hatte. Sie nahmen sich bei der Hand und liefen aus dem Wald und kamen heil und sicher wieder zu Hause an.«
»Ja, so war es, genau!« bestätigte David mit reuigem Lächeln, aber er sah etwas benommen aus.
»Und das war wirklich alles, Daddy?« erkundigte sich Luke eindringlich.
»Wirklich alles«, sagte David.
»Aber wer war denn das Mädchen in dem Teich?« fragte Helen und sah von ihrem Vater auf ihre Mutter.
»Oh, irgendein Trugbild«, erwiderte David wegwerfend. »Ich hab keine Ahnung. Es hat sich einfach materialisiert.«
»Was ist ma-te-rialisiert?« Luke sprach das schwierige Wort mühsam nach.
»Zeit zum Schlafengehen!« mischte Dorothy sich ein.
»Aber was heißt ›materialisiert‹?« beharrte Luke.
»Es hat ja noch gar keinen Pudding gegeben!« rief Jane.
»Heute gibt es keinen Pudding, wir haben Obst«, sagte Dorothy.

»Was heißt ›materialisiert‹, Daddy?« bohrte Luke hartnäckig weiter.
»Das ist, wenn... wenn sich etwas zeigt, was eigentlich gar nicht da ist.«
»Aber wie kommt das, warum?« Nun war auch Helen von Lukes Wissensdurst angesteckt.
»Zu Bett, Kinder!« sagte Dorothy befehlend.
Helen und Luke nahmen sich je einen Apfel, und Jane stibitzte mit einem raschen, schuldbewußt mutwilligen Lächeln ein Stück Brot von Harriets Teller. Ihr war die Geschichte nicht besonders zu Herzen gegangen.
Die drei Kinder begaben sich lärmend die Treppe hinauf, und der kleine Paul, der ihnen hinterhersah und sich ausgeschlossen fühlte, verzog das Gesicht zum Weinen.
Alice nahm ihn rasch auf den Arm und stand auf, um den anderen zu folgen. »Mir hat niemand Geschichten erzählt, als ich klein war!« sagte sie. Ihrem Ton war nicht zu entnehmen, ob sie sich beklagte oder eher »Zum Glück!« meinte.
Plötzlich erschien Luke noch einmal auf dem Treppenabsatz. »Wenn es Sommerferien gibt, kommen dann wieder alle?«
David sah besorgt zu Harriet und gleich beiseite. Dorothy richtete jedoch einen festen Blick auf ihre Tochter.
»Ja«, sagte Harriet schwach, »natürlich.«
Luke schrie die Treppe hinauf: »Sie hat ›ja‹ gesagt!«
»Du wirst dann erst gerade aus dem Wochenbett sein«, bemerkte Dorothy.
»Ich überlasse dir und Alice die Entscheidung«, sagte Harriet. »Wenn ihr glaubt, es wird zuviel für euch, müßt ihr es sagen.«
»Bis jetzt habe ich noch alles geschafft«, sagte Dorothy trocken.
»Ja, ich weiß«, sagte David rasch. »Du bist großartig.«

»Was hättet ihr bloß angefangen, wenn ich...«
»Bitte nicht«, bat David leise. Und zu Harriet: »Ich glaube, wir

verschieben das nächste Familientreffen doch besser auf Weihnachten.«
»Das würde die Kinder aber sehr enttäuschen«, sagte Harriet. Der Einwand kam matt und gleichgültig, keine Spur von ihrem alten Dickkopf. Ihr Mann und ihre Mutter musterten sie besorgt, und Harriet empfand ihre Blicke als kühl und wenig freundlich. »Vielleicht«, sagte sie verbissen, »gibt es ja diesmal eine Frühgeburt. Ich bin ganz darauf gefaßt.« Sie lachte, halb ungläubig, halb gequält, und dann stand sie mit dem Ruf »Ich muß mich bewegen!« rasch auf und begann ihr mühseliges, hartnäckiges Hin-und-Hergehen von neuem.
Im achten Monat ging sie zu Doktor Brett und bat ihn, die Geburt künstlich einzuleiten.
Er betrachtete sie kritisch und sagte: »Ich dachte, von solchen Sachen halten Sie nichts.«
»Bisher nicht. Aber dieser Fall liegt anders.«
»In meinen Augen nicht.«
»Nur weil Sie nichts sehen wollen. Sie sind nicht im achten Monat mit diesem ...« Sie verschluckte gerade noch das Wort *Monster,* um ihn nicht gegen sich aufzubringen. Obwohl sie sich zur Ruhe zwang, klang ihre Stimme zornig und anklagend: »Können Sie mir nachsagen, ich sei ein unvernünftiges Weibsbild? Hysterisch? Wehleidig? Ja? Eine jämmerliche kleine Hysterikerin?«
»Ich kann nur sagen, daß Sie am Rand Ihrer Kräfte sind. Müde bis in die Knochen. Aber Ihre früheren Schwangerschaften waren auch nicht ganz leicht, haben Sie das vergessen? Viermal hintereinander habe ich Sie hier mit allen möglichen Schwangerschaftsbeschwerden in der Praxis sitzen gesehen, und, alle Achtung, Sie sind doch immer recht gut damit fertig geworden.«
»Aber diesmal ist es anders, verstehen Sie nicht, *in jeder Hinsicht* anders. Ich begreife nicht, daß Sie es nicht selbst bemerken. Können Sie es nicht *sehen?*« Sie streckte den Bauch vor, der auf und ab wogte, als ob es darin kochte.

Der Arzt sah unschlüssig hin, seufzte und schrieb ein weiteres Rezept für Beruhigungsmittel aus.
Nein, er konnte es nicht sehen. Vielmehr, er wollte es nicht sehen. Das war der springende Punkt. Nicht nur er, sie alle, sie *wollten* nicht sehen, was hier passierte.
Wieder ging Harriet die Feldraine entlang, lief immer schneller, rannte beinahe, und dabei ergriff sie in ihrer Phantasie das große Küchenmesser, schnitt sich selber den Bauch auf und holte das Kind heraus. Und wenn sie einander nach diesem langen, blinden Kampf endlich ins Auge sahen, was würde sich zeigen?
Bald danach, fast einen Monat zu früh, setzten die Wehen ein. Wenn es einmal soweit war, hatte die Geburt früher nie lange gedauert. Dorothy rief David in London an und brachte Harriet sofort in die Klinik. Zum ersten Mal hatte Harriet selbst darum gebeten, zur Überraschung für alle.
Bei ihrer Ankunft im Krankenhaus hatte sie bereits heftige Krampfwehen, die schlimmer waren als alles, was sie je zuvor erlebt hatte. Das Kind schien sich gewaltsam den Weg nach draußen erkämpfen zu wollen.
Harriet war innerlich wund und zerrissen, sie spürte es. Da drinnen mußte es aussehen wie auf einem Schlachtfeld, und niemand würde es je erfahren. Als es dann endlich soweit war, daß man ihr eine Narkose gab, rief sie laut: »Gott sei Dank, Gott sei Dank, es ist vorbei!« Irgendwann hörte sie eine Frauenstimme sagen: »Das ist aber mal ein strammer kleiner Kerl, seht euch das an!« Und dann: »Mrs. Lovatt, Mrs. Lovatt, sind Sie wieder da? Kommen Sie, es ist alles überstanden! Ihr Mann ist auch hier. Sie haben einen gesunden Jungen.«
»Ein richtiger kleiner Ringkämpfer«, sagte Doktor Brett. »Er hat beim Rauskommen gleich die ganze Welt bedroht.«
Sie richtete sich unter Schwierigkeiten etwas auf, denn die untere Hälfte ihres Körpers war zu wund, um bewegt zu werden. Man legte ihr das Baby in die Arme. Einen Elfpfünder! Keines der an-

deren Kinder hatte mehr als sieben Pfund gewogen. Der Neugeborene war muskulös, gelblich, mit langem Rumpf. Er stemmte die Füße gegen Harriets Brust, als ob er aufstehen wollte.

»Ein drolliger kleiner Bursche«, sagte David betreten.

Er war kein schönes Baby. Genauer gesagt, er sah überhaupt nicht wie ein Baby aus. Der Kopf saß zu tief zwischen den massigen Schultern, so daß er sogar im Liegen geduckt aussah. Die niedrige Stirn trat von den Brauen bis zur Scheitelhöhe deutlich zurück. Das dicke, semmelblonde Stoppelhaar wuchs ihm ungewöhnlich spitz bis in die Stirn, und auch an den Seiten und am Hinterkopf reichte es tief hinunter. Seine Hände waren plump und kurzfingrig, mit ausgeprägten Muskelballen an den Innenflächen. Seine Augen waren gleich offen, und er sah seiner Mutter gerade ins Gesicht. Es waren zielgerichtete grünlichgelbe Augen, wie zwei Kugeln aus Seifenstein. Harriet hatte darauf gewartet, einen ersten sprechenden Blick mit dem Geschöpf zu tauschen, das ihr, dessen war sie sicher, mit Absicht weh getan hatte, aber sie fand kein Zeichen des Erkennens. Und ihr Herz zog sich vor Mitleid zusammen: Armer kleiner Sünder, den seine eigene Mutter derart verabscheute. Zugleich hörte sie sich selbst mit nervösem Lachen sagen: »Er sieht aus wie ein Troll oder ein Kobold oder so was«, und sie hätschelte ihn, um ihre Worte abzuschwächen. Aber er machte sich steif und schwer, wenigstens schien es ihr so.

»Na, na, Harriet«, sagte Doktor Brett vorwurfsvoll. Und sie dachte: Dieser verdammte Doktor hat mich in vier Schwangerschaften kennengelernt, und ich habe mich immer prächtig gehalten, und nun benimmt er sich wie ein Schulmeister.

Sie machte ihre Brust frei und bot sie dem Kind an. Die Schwestern, der Doktor, ihre Mutter und ihr Mann beobachteten sie dabei; alle hatten das Lächeln aufgesetzt, das diesem Moment gebührte. Aber die Atmosphäre hatte nichts von Festlichkeit, Stolz oder gar Champagnerlaune, im Gegenteil, man lächelte gezwungen und furchtsam. Harriet verspürte einen starken Saugreflex an ihrer Brustwarze, um die sich die zahnlosen Kiefer so hart schlossen, daß sie zusammenzuckte. Das Kind sah zu ihr auf und schnappte noch fester zu.

»Au!« machte Harriet, versuchte zu lachen und nahm ihn von der Brust.

»Versuchen Sie es noch einmal«, sagte die Schwester. Er schrie nicht. Harriet hielt ihn von sich weg und forderte die Schwester mit einem unmißverständlichen Blick auf, ihn zu nehmen. Sie tat es, mit mißbilligend zusammengepreßten Lippen, und er ließ sich widerstandslos in sein Bettchen legen. Seit seiner Geburt hatte er noch keinen Laut von sich gegeben, außer einem ersten Protestgebrüll, das vielleicht auch ein Ausdruck des Erstaunens gewesen sein mochte.

In den nächsten Tagen durften die vier Größeren ihr neues Brüderchen im Krankenhaus besuchen. Die beiden Wöchnerinnen, mit denen Harriet das Zimmer teilte, hatten schon aufstehen können und hielten sich mit ihren Säuglingen im Tagesraum auf. Harriet hatte sich geweigert, das Bett zu verlassen. Sie sagte den Ärzten und Schwestern, sie brauche ihre Zeit, um innerlich zu heilen. Sie sagte es in fast rebellischem Ton, achtlos, ohne sich um ihre kritischen Blicke zu kümmern.

David stand, den kleinen Paul auf dem Arm, am Fußende des Bettes, und alles in Harriet verlangte nach diesem Kleinen, ihrem Vierten, von dem sie viel zu früh getrennt worden war. Sie liebte seinen bloßen Anblick, das drollige weiche Gesichtchen mit den sanften blauen Augen, glockenblumenblau, dachte sie, und seine weichen kleinen Gliedmaßen. Am liebsten hätte sie seine Beinchen gestreichelt und dann seine Füßchen in ihren Händen geborgen. Ein echtes Baby, ein echtes kleines Kind...

Die drei größeren Kinder starrten den Neuankömmling, der ihnen allen so wenig glich, ratlos an. Als sei er aus fremdem Stoff gemacht, wie es Harriet schien. Das lag zum Teil daran, daß sein

Anblick sie ständig an sein abartiges Verhalten im Mutterleib erinnerte, zum Teil an seiner schweren, fahlen, plumpen Erscheinung selbst. Und dann dieser merkwürdige Kopf mit der fliehenden Stirn und den Augenbrauenwülsten.

»Wir werden ihn Ben nennen«, erklärte Harriet.

»Meinst du?« fragte David.

»Ja, es paßt zu ihm.«

Luke schüttelte von der einen, Helen von der anderen Seite Bens Patschhände, und beide sagten: »Hallo, Ben! Guten Tag, Ben!« Aber das Baby sah sie nicht an.

Als Jane, die Vierjährige, spielerisch einen seiner Füße in die Hand nahm, trat er heftig nach ihr.

Ich möchte mal die Mutter sehen, dachte Harriet, die so ein Geschöpf in ihr Herz schließen könnte, so einen, so einen Fremdling. Sie blieb eine Woche im Bett, solange, bis sie sich für den Kampf, der vor ihr lag, einigermaßen gewappnet fühlte, und kam dann mit dem Neugeborenen nach Hause.

Spätabends, wieder im ehelichen Schlafzimmer, saß sie im Bett an aufgetürmte Kissen gelehnt und stillte das Baby. David sah zu.

Ben saugte so kräftig, daß die erste Brust in knapp einer Minute leer war. Immer, wenn eine Brust schlaff wurde, fing er an, die Kiefer um die Warze zu klemmen, so daß Harriet ihn beizeiten wegnehmen mußte. Für Beobachter sah es so aus, als ob sie ihn böswillig der Nahrungsquelle beraubte, und Harriet hörte Davids beschleunigten Atem. Ben brüllte vor Wut, heftete sich dann wie ein Blutegel an die andere Brustwarze und saugte dermaßen, daß Harriet das Gefühl hatte, gleich würde ihre ganze Brust in seinem Hals verschwinden. Sie ließ ihn trinken, bis er wieder so hart zubiß, daß sie unwillkürlich aufschrie und ihn wegzog.

»Ein außergewöhnliches Kind«, sagte David einlenkend.

»Das kann man wohl sagen. Absolut ungewöhnlich.«

»Aber im Grunde ist er doch ...«

»... ein prächtiges, normales, gesundes Baby«, vollendete Harriet bitter, womit sie die ständige Rede des Klinikpersonals zitierte.
David verstummte. Mit diesem unterdrückten Zorn, dieser Bitterkeit wußte er nicht umzugehen.
Sie hob Ben mit beiden Armen in die Luft. Er strampelte, wehrte sich und schrie auf die ihm eigene Art und Weise, einem Mittelding zwischen Röhren und Bellen. Dabei wurde er vor Wut gelblich bleich, nicht puterrot wie andere Kinder.
Während sie auf sein Bäuerchen wartete, stand er beinahe aufrecht in ihren Armen, und ihr wurde schwach bei dem Gedanken, daß diese unbändige Kraft noch vor kurzem in ihrem Innern getobt hatte und sie ihm auf Gnade und Ungnade ausgeliefert gewesen war. Monatelang hatte Ben gekämpft, um aus ihrem Leib zu kommen, und nun kämpfte er schon um seine Unabhängigkeit.
Als sie ihn in sein Bettchen legte, was sie immer mit Erleichterung tat, weil ihre Arme schmerzten, brüllte er sich noch ein Weilchen aus, wurde dann aber still, obwohl er nicht schlief, sondern hellwach war und den ganzen Körper unablässig krümmte und wieder streckte, mit den heftigen Stoßbewegungen von Kopf und Fersen, die Harriet nur allzu bekannt waren: Genau auf diese Weise hatte sie sich innerlich malträtiert gefühlt, als sie ihn noch im Leibe trug.
Sie legte sich wieder zu David ins Bett. Er nahm sie behutsam in den Arm und zog sie näher zu sich heran, aber sie fühlte sich irgendwie schäbig und verlogen, weil ihm ihre Gedanken sicher nicht gefallen hätten.
Bald wurde es ihr unerträglich, Ben zu stillen. Nicht, daß er dabei zu kurz gekommen wäre: Er gedieh prächtig. Nach einem Monat hatte er seinem Geburtsgewicht schon zwei Pfund zugelegt. Als reguläres Neunmonatskind wäre er jetzt erst knapp eine Woche alt gewesen.
Ihre Brüste taten ständig weh. Da die Milchsekretion stärker an-

geregt wurde als je zuvor, schwollen sie zu prallen weißen Kugeln an, lange bevor die nächste Fütterung fällig war. Aber Ben brüllte schon nach Nahrung, und Harriet legte ihn an, und er leerte beide Brüste binnen zwei oder drei Minuten bis zum letzten Tropfen. Sie fühlte, wie die Milch einem Strom gleich aus ihr herausgesaugt wurde. Er war auf eine neue Variante verfallen: Mehrere Male während des Stillens schob er den Unterkiefer mit einer harten, mahlenden Bewegung hin und her, und wenn Harriet einen Schmerzenslaut ausstieß, war es ihr, als ob seine kleinen kalten Augen schadenfroh funkelten.

»Es hilft nichts, ich muß ihn auf die Flasche umstellen«, sagte sie zu Dorothy, die ihre Kämpfe mit demselben Blick verfolgte, den, wie Harriet fand, jeder annahm, der sie und Ben beobachtete: Dorothy verhielt sich dabei ganz still und aufmerksam, beinahe fasziniert, aber ihre Miene verriet auch Ablehnung. Und Furcht?

Harriet war darauf gefaßt, daß ihre Mutter ihr entgegenhalten würde: »Er ist doch erst fünf Wochen alt!« Doch Dorothy sagte lediglich: »Ja, das mußt du wohl, sonst wirst du krank.« Etwas später, als Ben wieder einmal brüllte, strampelte und um sich stieß, bemerkte sie: »Demnächst kommen alle zu den Sommerferien.« Sie sagte es in einem Ton, der neu an ihr war, so als höre sie sich selbst zu und nehme sich in acht, um ja nichts Unrechtes zu sagen. Harriet erkannte sich darin wieder, denn sie wagte kaum noch etwas laut zu äußern. So redeten Menschen, deren Gedanken in geheimen Bahnen verliefen, von denen andere Leute besser nichts ahnten.

Am Nachmittag desselben Tages kam Dorothy noch einmal ins Schlafzimmer, als Harriet Ben gerade von der Brust nahm, die mit blauen Flecken bedeckt und wund um die Warzenhöfe war. Sie sagte: »Ja, du mußt ihn abstillen. Sofort. Ich habe heute nachmittag alles Nötige gekauft. Jetzt gehe ich die Flaschen sterilisieren.«

»Ja, entwöhne ihn«, stimmte David sofort zu. Dabei hatte sie die anderen vier Kinder so lange gestillt, daß kaum je eine Flasche ins Haus gekommen war.
Abends, nachdem die Kinder zu Bett waren, saßen Harriet und David, Dorothy und Alice um den großen Küchentisch, und Harriet probierte es zum ersten Mal mit der Flasche. Ben leerte sie in einem Zug, während er sich abwechselnd zusammenzog und streckte. Er winkelte die Knie bis in die Magengrube an und ließ die Beine dann zurückschnellen wie eine Sprungfeder. Als die Flasche leer war, plärrte er.
»Gib ihm noch eine«, sagte Dorothy und begab sich eilig an den Herd.
»Was für ein gesegneter Appetit«, bemerkte Alice mit bemühter Freundlichkeit, aber in ihren Augen flackerte die Angst.
Ben leerte auch die zweite Flasche und hielt sie schon selbst mit beiden Händen. Harriet brauchte kaum nachzufassen.
»Kleiner Neandertaler«, murmelte sie.
»Nun mal sachte«, widersprach David halbherzig, »armer kleiner Kerl!«
»O Gott, David«, sagte Harriet, »›arme Harriet‹ käme der Sache schon näher.«
»Ist ja schon gut. Diesmal scheint da irgendwas mit den Genen passiert zu sein.«
»Fragt sich nur, was«, sagte Harriet. »Darauf kommt es an. *Was* ist er?«
Die anderen drei sagten nichts, aber ihr Schweigen verriet, daß sie am liebsten nicht darüber nachdenken wollten, was diese Frage alles bedeuten konnte.
»Also gut«, sagte Harriet, »sagen wir, er hat einen gesunden Appetit, wenn euch das glücklich macht.«
Dorothy nahm ihr das ungebärdige Wesen ab, und Harriet sank erschöpft in ihren Sessel zurück. Dorothys Gesichtsausdruck änderte sich, als sie das bleierne Gewicht des Kindes spürte, seine

Unnachgiebigkeit. Sie setzte sich so, daß Bens wie Kolben arbeitende Beine sie nicht ins Gesicht trafen.

Bald schaffte Ben mehr als das Doppelte der Nahrungsmenge, die für sein Alter empfohlen wurde, mindestens zehn Flaschen pro Tag. Er bekam Brechdurchfall, und sie brachte ihn zu Doktor Brett.

»Bei einem Brustkind sollten keine Infektionen vorkommen«, sagte er.

»Ich stille nicht mehr.«

»Das sieht Ihnen aber gar nicht ähnlich, Harriet! Wie alt ist er jetzt?«

»Zwei Monate«, sagte Harriet. Sie knöpfte ihr Kleid auf und zeigte dem Arzt ihre Brüste, die noch immer Milch produzierten, als reagierten sie auf Bens unersättlichen Appetit. Sie waren, besonders um die Warzen herum, blutunterlaufen und entzündet.

Dem Doktor verschlug der klägliche Anblick die Sprache, und Harriet sah ihn an. Sein anständiges, besorgtes Gelehrtengesicht sah sich einem Problem gegenüber, das über seinen Horizont ging.

»So ein unartiges Baby«, räumte er schließlich ein, und Harriet lachte verblüfft auf.

Doktor Brett wurde rot. Einen Moment flackerte Verständnis in seinem Blick, doch sah er rasch wieder beiseite.

»Alles, was ich brauche, ist ein Mittel gegen Durchfall«, sagte Harriet. Sie starrte ihm unverhohlen ins Gesicht, um ihn zu zwingen, sie anzusehen. »Schließlich ist es nicht meine Absicht, das widerliche kleine Scheusal umzubringen.«

Er seufzte, nahm die Brille ab und putzte langsam die Gläser. Mit umwölkter Miene, aber ohne persönlichen Tadel, sagte er: »Es kommt nicht selten vor, daß ein Kind von der Mutter abgelehnt wird. Ich erlebe es immer wieder. Leider.«

Harriet sagte nichts, aber sie lächelte aufreizend und war sich dessen auch bewußt.

»Lassen Sie ihn einmal genauer ansehen«, sagte er.
Harriet hob Ben aus dem Kinderwagen und legte ihn auf den Untersuchungstisch. Ben drehte sich augenblicklich auf den Bauch und versuchte, sich auf allen vieren hochzustemmen. Für ein paar Sekunden gelang es ihm sogar, bevor er zurückklatschte. Harriet sah unentwegt auf Doktor Brett, aber er wandte sich seinem Schreibtisch zu, um ein Rezept auszufertigen.
»Soviel ich sehe, fehlt ihm nichts Besonderes«, sagte er in dem halb benommenen, halb gekränkten Ton, in den die meisten Leute bei Bens Anblick verfielen.
»Haben Sie je zuvor so ein Zwei-Monats-Baby gesehen?« bohrte Harriet weiter.
»Nein. Ich gebe zu, daß ich das nicht habe. Halten Sie mich auf dem laufenden.«
Mittlerweile war es längst in der Familie herum, daß das fünfte Kind glücklich geboren und alles in Ordnung sei. Das bedeutete, daß auch Harriet wiederhergestellt war. Viele schrieben oder riefen an, um zu versichern, wie sehr sie sich auf die Sommerferien freuten. »Wir sehnen uns schon nach dem neuen Baby«, sagten sie. Und: »Ist Klein-Paul noch so süß wie immer?«
Dann kamen sie an und brachten Wein und Sommerfrüchte aus allen Landesteilen mit, und alle möglichen Freiwilligen standen mit Alice und Dorothy beim Marmeladen- und Chutney-Einkochen in der Küche. Ein ganzes Rudel von Kindern spielte im Garten oder wurde zu Picknickausflügen mit in die waldige Umgebung genommen. Der kleine Paul, der verschmuster und drolliger war denn je, saß ständig auf irgendeinem Schoß, und sein Juchzen war allerorten zu hören. Doch sein natürlicher Frohsinn wurde von Ben und dessen Forderungen überschattet.
Weil das Haus voll war, schliefen die älteren Kinder wieder zusammen in einem Zimmer. Ben lag bereits in einem Gitterbett und verbrachte seine Zeit damit, sich an den Stäben hochzuziehen, zur Seite oder nach hinten zu purzeln, sich um die eigene

Achse zu drehen und wieder von vorn anzufangen... Dieses Gitterbett wurde zu den Älteren ins Zimmer gestellt, in der Hoffnung, Ben würde unter dem wohltätigen Einfluß seiner Geschwister freundlicher und geselliger werden. Dies war nicht der Fall. Ben scherte sich weder um sie noch um ihre Annäherungsversuche, und sein Gebrüll, oder besser sein Gebell, war so entnervend, daß Luke, der Älteste, ihn anschrie: »Halt endlich die Schnauze!« Worauf er wegen seines eigenen Benehmens in Tränen ausbrach. Helen, die in dem Alter war, in dem kleine Mädchen gern Mutter spielen, versuchte Ben auf den Arm zu nehmen, aber er war viel zu stark für sie. Bald wurden alle Kinder, die sich im Haus befanden, ins Dachgeschoß umquartiert, wo sie herumtoben konnten, soviel sie wollten, und Ben bekam wieder sein eigenes Zimmer, die »Baby-Kammer« neben dem Elternschlafzimmer. Von dort hörten Harriet und David, aber auch einige Hausgäste, sein ewiges Grunzen und Rumoren und sein Wutgebrüll, wenn er bei seinen Kraftproben wieder einmal auf die Nase gefallen war.

Das neue Baby war natürlich jedem, der darum bat, in den Arm gelegt worden, aber es war schmerzlich, mit anzusehen, wie rasch der Gesichtsausdruck bei jedem wechselte, der Bens fremdartige Kraft direkt verspürte. Ben wurde immer schleunigst zurückgereicht. Harriet kam eines Tages unbemerkt in die Küche und hörte gerade noch, wie ihre Schwester Sarah zu einer Cousine sagte: »Dieser Ben macht mir eine Gänsehaut. Er kommt mir wie ein Wechselbalg vor, oder ein böser Gnom oder so was. Da ist mir meine arme Amy doch tausendmal lieber!«

Seither litt Harriet unter Schuldkomplexen, weil niemand den armen Ben lieben konnte. Sie selbst bestimmt nicht! Und David, der sonst so gute Vater, rührte ihn kaum an. Harriet nahm Ben aus dem Gitterbett, das so sehr einem Käfig glich, legte ihn auf das große Ehebett und setzte sich zu ihm. »Armer Ben, armer Ben«, gurrte sie und streichelte ihn. Ben packte sie mit beiden

Fäusten an der Bluse, zog sich daran in die Höhe und stellte sich auf ihre Oberschenkel. Die harten, stämmigen Füße taten ihr weh. Sie versuchte, ihn in die Arme zu nehmen, ihn an sich zu drücken, zu beschwichtigen, aber sehr bald gab sie es auf und legte ihn zurück in seinen Pferch, seinen Käfig. Er protestierte mit Gebrüll, und wenn sie mit dem reuigen Gemurmel, »Armer Ben, lieber Ben«, die Hände nach ihm ausstreckte, krallte er sich sofort daran fest, hob sich auf die Füße und grunzte triumphierend. Vier Monate alt... Er war wie ein boshafter, feindseliger junger Troll.

Harriet machte es sich zur Pflicht, täglich, sobald die anderen Kinder aus dem Weg waren, zu ihm zu gehen und ihn zum Spielen und Knuddeln ein Weilchen aufs Ehebett zu holen, wie sie es bisher mit allen getan hatte. Nie, nicht ein einziges Mal, überließ er sich einer Liebkosung. Er widerstand, widerstrebte, schlug um sich, und dann schlossen sich seine Kiefer um ihren Daumen. Es war nicht der saugende Zubiß normaler Babys, die sich damit das Zahnen erleichtern oder erkunden wollen, was so ein Mund alles kann: Harriet fühlte den Biß bis auf den Knochen und sah Bens kaltes, triumphierendes Grinsen.

»So kriegst du mich nicht unter! Mich nicht!« hörte sie sich sagen. Eine Zeitlang tat sie ihr Äußerstes, ein normales Baby aus ihm zu machen. Sie nahm ihn mit in den großen Gemeinschaftsraum, wo die ganze Familie beisammen war, und setzte ihn in den Laufstall, bis seine Anwesenheit allen so auf die Nerven fiel, daß sie sich heimlich verdrückten. Oder sie kam, Ben auf dem Arm, an den Familientisch, wie es bei all ihren anderen Kindern selbstverständlich gewesen war. Aber sie konnte ihn nicht lange halten, er benahm sich zu widerspenstig.

Trotz Ben waren die Sommerferien herrlich. Wieder dauerten sie ganze zwei Monate, und wieder brachte Davids Vater, der nur auf eine Stippvisite vorbeikam, einen Scheck mit, ohne den sie sicher nicht zurechtgekommen wären. »In diesem Haus fühle ich mich wie mitten in einem gräßlichen riesigen Wackelpudding«, sagte James. »Gott weiß, wie ihr das aushaltet.«

Wenn Harriet später auf diese Sommerwochen zurückblickte, war das, woran sie sich am genauesten erinnerte, die Art, wie alle Ben angesehen hatten: zuerst starr, betroffen, verwirrt bis besorgt, dann mit Angst, obwohl keiner es sich anmerken lassen wollte. Auch mit Schaudern: Das war es, was sich in Harriet selbst mehr und mehr festsetzte. Schon bald sonderte sie Ben in der »Baby-Kammer« von jedermann ab. Ihm schien es nichts auszumachen, falls er es überhaupt bemerkte. Es war schwer, dahinterzukommen, was er von seiner Umgebung hielt.

Eines Nachts, als Harriet vor dem Einschlafen mit dem Kopf auf Davids Arm lag und sie, wie immer, die Tagesereignisse besprachen, sagte sie plötzlich aus einem Wust von Gedanken heraus: »Weißt du, wozu dieses Haus gut ist? Warum all die Leute immer wiederkommen? Sie machen sich hier eine gute Zeit, und weiter nichts.«

David war überrascht, ja, wie Harriet deutlich empfand, sogar schockiert. »Ja, weswegen laden wir sie denn sonst dauernd ein?« fragte er.

»Ich weiß nicht«, sagte sie hilflos. Sie ließ sich von David umarmen, und er hielt sie fest umschlungen, während sie sich ausweinte. Sie hatten noch nicht wieder miteinander geschlafen. Das war in all den Jahren nicht vorgekommen. Geschlechtsverkehr während der Schwangerschaft, und sehr bald nachher, war für sie nie ein Problem gewesen. Aber nun dachten beide: Dieses Geschöpf hat sich nicht um unsere Vorsichtsmaßnahmen gekümmert, wie, wenn jetzt noch so eins käme? Denn beide hatten insgeheim das Gefühl, obwohl sie sich ihrer Gedanken schämten, daß Ben sich ganz willkürlich und rücksichtslos in ihr Leben gedrängt hatte und ihre Normalität über keine Waffen gegen irgendwen oder irgend etwas seinesgleichen verfügte. Aber der Verzicht auf Sex machte ihnen nicht nur zu schaffen, sondern richtete eine Art Barriere zwischen ihnen auf, da sie beide unaufhörlich an eine mögliche neue Bedrohung dachten ...

Dann geschah etwas Entscheidendes. Gleich nachdem die Schule wieder anfing und die Gäste abgereist waren, ging Paul einmal aus eigenem Antrieb in Bens Zimmer. Er war unter all den Geschwistern derjenige, der sich von Ben am meisten angezogen fühlte. Harriet brachte die Älteren gerade zur Schule und in den Kindergarten, und plötzlich hörten Dorothy und Alice, die allein in der Küche waren, gellende Schreie. Sie rasten die Treppe hinauf und fanden Paul, der seine Hand zu Ben durch die Gitterstäbe gesteckt hatte. Ben hatte die Hand gepackt und zerrte seinen Bruder nun mit aller Gewalt gegen die Stäbe, wobei er ihm absichtlich den Arm verbog. Die beiden Frauen befreiten Paul und hielten sich nicht damit auf, Ben auszuschelten, der vor Vergnügen und Genugtuung krähte. Pauls Arm war übel verrenkt.

Niemand hatte daran gedacht, die Kinder direkt vor Ben zu warnen, und nach diesem Vorfall war es auch nicht mehr notwendig. Als die Größeren am Abend hörten, was geschehen war, vermieden sie es, ihre Eltern oder Dorothy oder Alice anzusehen. Sie sahen sich nicht einmal gegenseitig an. Sie standen nur stumm und mit gesenkten Köpfen da, woraus die Erwachsenen entnahmen, daß die Kinder sich ihr Urteil über Ben bereits gebildet hatten: Sie hatten längst über ihn gesprochen und wußten, was von ihm zu halten war. Luke, Helen und Jane gingen schweigend zu Bett, und für die Eltern war dies ein schlimmer Moment. Alice sah sie von der Seite an und murmelte: »Die armen kleinen Dinger.«

»Es ist ein Jammer«, sagte Dorothy.

Harriet spürte, daß diese beiden Frauen, diese zähen, vielgeprüften Kriegsveteranen, sie, Harriet, aus ihrer reifen Lebenserfahrung heraus verurteilten. Sie blickte zu David hinüber und sah, daß er genauso dachte. Abfällige Kritik und Widerwillen: Ben provozierte bei allen nur diese Gefühle, brachte sie unbarmherzig ans Licht...

Am Tag nach dem Zwischenfall mit Pauls Arm erklärte Alice, sie habe den Eindruck, sie werde in diesem Haus nicht länger gebraucht und wolle deshalb in ihr eigenes Leben zurückkehren: Sie sei sicher, daß Dorothy auch allein zurechtkomme. Schließlich sei auch Jane nun tagsüber in der Schule. Eigentlich hätte Jane in diesem Jahr noch nicht zur Schule gemußt, aber sie wurde ausnahmsweise früher aufgenommen. Der Hauptgrund war natürlich Ben, obwohl das niemand offen aussprach. Alice fuhr ab, ohne auch nur mit einer Silbe angedeutet zu haben, daß es ebenfalls wegen Ben war. Aber sie hatte sich Dorothy anvertraut, und die sagte es wiederum David und Harriet, daß Ben ihr Grauen einflößte. Er müsse ein Wechselbalg sein. Dorothy, vernünftig, gelassen und sachlich wie immer, hatte Alice ausgelacht. »Ausgelacht habe ich sie!« bekräftigte sie. »Aber«, fügte sie grimmig hinzu, »wieso eigentlich?«

David und Harriet berieten sich in den leisen, schuldbewußten, ungläubigen Tönen, die Ben ihnen aufzuzwingen schien. Dieses Kind war noch kein halbes Jahr alt. Und doch... es war drauf und dran, ihr Familienleben zu zerstören. Zum Teil war es ihm ja schon gelungen. Sie würden darauf achten müssen, daß Ben während der Mahlzeiten, und wenn die Kinder unten mit den Erwachsenen im Gemeinschaftsraum waren, in seinem Zimmer blieb. Kurz gesagt, wenn die Familie beieinander war.

Ben blieb also fast immer in seinem Zimmer, wie ein Gefangener. Mit neun Monaten war er bereits zu groß für das Gitterbett: Harriet kam gerade herein, als er sich über den Rand zu stürzen drohte. Nun wurde ein normales Bett in sein Zimmer gestellt. Er lief schon mit Leichtigkeit, wobei er sich nur ab und zu an den Wänden oder einem Stuhl abstützte. Das Krabbelstadium hatte er glatt übersprungen; er stand übergangslos auf eigenen Füßen. Der Boden des Zimmers war mit verstreutem Spielzeug, das heißt mit dessen Fragmenten, bedeckt. Ben spielte nicht damit; er schmetterte alles auf den Boden oder an die Wand, bis es kaputt war. Als er zum ersten Mal freihändig dastand, erhob er ein Triumphgeschrei. All die anderen Kinder hatten in diesem Moment gelacht, gekichert und gefordert, für ihre Leistung bewundert und besonders geliebt zu werden. Bei Ben keine Rede davon. Es war ein kalter Sieg, und fortan stolperte er mit böse glimmenden Augen herum, ohne seine Mutter zur Kenntnis zu nehmen. Harriet fragte sich oft, was er wohl in ihr sehen mochte. Nichts in seinem Verhalten oder in seinen Blicken schien jemals zu sagen: Das ist meine Mutter.

Eines Morgens wurde Harriet schon früh von irgend etwas aus dem Bett und ins Kinderzimmer getrieben, und da sah sie Ben auf dem Fensterbrett balancieren. Es war ziemlich hoch, und nur Gott mochte wissen, wie er da hinaufgelangt war! Das Fenster war offen. Ben konnte jeden Moment hinausfallen. Harriet ertappte sich bei dem Gedanken: Wie schade, daß ich dazwischengekommen bin... aber nachher weigerte sie sich, über ihre eigene Schlechtigkeit entsetzt zu sein. Das Fenster wurde solide vergittert, und fortan stand Ben dort oben, umklammerte die Eisenstangen, rüttelte daran, beobachtete die Welt da draußen und stieß seine lauten, heiseren Schreie aus. Während der Weihnachtsferien blieb er in seinem Zimmer eingeschlossen. Es war bemerkenswert, wie die Gäste nach der vorsichtigen Frage »Wie geht es Ben?« und der Antwort »Gut!« jede weitere Erkundigung unterließen. Nur manchmal war ein Schrei von Ben laut genug, um die Gespräche unten im Gemeinschaftsraum zu unterbrechen. Dann nahmen alle Gesichter diesen bedenklichen Zug an, den Harriet so fürchtete, obwohl sie ständig mit ihm rechnete. Sie wußte, daß sich dahinter Gedanken und Meinungen verbargen, die niemand aussprechen wollte.

Und so war das Haus nicht mehr dasselbe; jedermann benahm sich gezwungen und war irgendwie auf der Hut. Harriet wußte, daß einzelne Gäste, von dieser furchtsamen Neugier geplagt, die Ben hervorrief, gelegentlich zu ihm hinaufgingen, wenn sie, Harriet, außer Sicht war. An der Art, wie die betreffende Person sie hinterher ansah, bemerkte sie sofort, daß sie ihn gesehen hatte. Wie eine Verbrecherin! Viel zu oft fraß sie ihre Wut in sich hinein und kochte innerlich, konnte es aber nicht abstellen. Selbst David, so glaubte sie, hatte über sie den Stab gebrochen. Sie sagte zu ihm: »Früher, in primitiven Gesellschaften, hat man die Gebärerinnen solcher Monstrositäten ausgestoßen. Aber wir sind ja angeblich zivilisiert!«

David erwiderte auf die geduldige, aber wachsame Art, die er ihr gegenüber angenommen hatte: »Du übertreibst einfach alles.«

»Ein treffender Ausdruck! Für diese Situation! Gratuliere! Ich *übertreibe!*«

»O Gott, Harriet«, sagte er, nun in einem anderen, hilflosen Ton, »laß es zwischen uns nicht so weit kommen. Wenn *wir* nicht zusammenhalten, was dann?«

Zu Ostern kam das Schulmädchen Bridget noch einmal, um zu sehen, ob dieses wundersame Alltagskönigreich möglicherweise noch existierte, und sie fragte: »Was ist los mit ihm? Ist er auch mongoloid?«

»Das nennt man Down-Syndrom«, sagte Harriet. »Niemand sagt heute mehr ›mongoloid‹. Nein, ist er nicht.«

»Was fehlt ihm denn dann?«

»Nicht das geringste«, sagte Harriet leichthin. »Wie du dich leicht selbst überzeugen kannst.«

Bridget verabschiedete sich bald und kam nie wieder.

Und wieder waren Sommerferien. Es war das Jahr 1975. Die Schar der Gäste hatte sich gelichtet. Einige schrieben oder erklärten telefonisch, sie könnten sich den Zug oder das Benzin nicht mehr leisten.

»Ausreden!« bemerkte Dorothy.

»Heute sind die Leute wirklich knapp dran«, sagte David.

»Früher hat sie das nie daran gehindert, die Reise zu bezahlen und dann wochenlang auf eure Kosten zu leben.«

Ben war nun über ein Jahr alt. Er hatte noch kein einziges Wort gesprochen, aber sonst benahm er sich normaler. Mittlerweile war es schwierig, ihn in seinem Zimmer zu halten. Die Kinder, die im Garten spielten, hörten seine heiseren Wutschreie und sahen ihn auf dem Fensterbrett stehen, wo er versuchte, die Stäbe zur Seite zu drücken.

So wurde er denn aus seinem kleinen Gefängnis zu den anderen heruntergeholt. Er schien zu wissen, daß er eigentlich wie sie sein sollte. Oft stand er mit gesenktem Kopf da und beobachtete, wie alle redeten und lachten, um den großen Tisch herum saßen oder sich im Wohnraum unterhielten, während die Kinder herein- und wieder hinausrannten. Seine Augen wanderten von einem Gesicht zum anderen, und jeder, den er ansah, wurde sich dieses unbehaglich forschenden Blickes bewußt, hörte zu reden auf und kehrte Ben den Rücken oder zumindest die Schulter zu, um ihn nicht sehen zu müssen. Ben konnte eine ganze Gesellschaft durch sein bloßes Dasein zum Schweigen bringen oder auflösen. Unter einem Vorwand verließen die Leute den Raum.

Gegen Ende der Sommerferien brachte jemand einen Hund mit, einen kleinen Terrier. Ben kam nicht von dem Tier los. Wohin der Hund auch lief, Ben folgte ihm. Er spielte nicht mit ihm, er streichelte ihn nicht; er stand nur da und starrte ihn an. Und eines Morgens, als Harriet als erste in die Küche kam, um das Frühstück für die Kinder zu machen, lag der Hund tot in seiner Ecke. Herzschlag? Ihr wurde fast schlecht von einem plötzlichen Verdacht, und sie raste die Treppe hinauf, um nachzusehen, ob Ben in seinem Zimmer war. Er saß aufrecht im Bett, und als Harriet hereinkam, sah er ihr entgegen und lachte, aber lautlos und auf seine Weise, eher eine Art Zähnefletschen. Er hatte die Tür geöffnet, sich leise an seinen schlafenden Eltern vorbeigeschlichen, war die Treppe hinuntergegangen, hatte den Hund gefunden, ihn getötet und war ebenso leise wieder in sein Zimmer zurückgekehrt und hatte die Tür hinter sich geschlossen. Alles vollkommen selbständig! Harriet schloß Ben ein: Wenn er einen Hund umbringen konnte, warum dann nicht auch ein Kind?

Als sie wieder in die Küche kam, hatten sich die Kinder bereits um den toten Hund geschart. Und dann kamen die Erwachsenen, und es war nur zu klar, was sie dachten.

Natürlich schien es unglaublich. Ein kleines Kind sollte einen springlebendigen Hund umgebracht haben! Nach außen hin blieb der Tod des Hundes ein Geheimnis, aber der Tierarzt sagte, er sei erdrosselt worden. Diese Geschichte verdarb allen den Rest der Ferien, und die Gäste verabschiedeten sich früher als sonst.

»Und sie werden es sich zweimal überlegen, ob sie je wiederkommen«, sagte Dorothy.

Drei Monate später kam Mr. McGregor, der alte, graue Hauskater, auf dieselbe Art ums Leben. Er hatte immer Angst vor Ben gehabt und sich außer Reichweite gehalten. Ben mußte sich unbemerkt herangeschlichen, ihn in die Enge getrieben oder im Schlaf überrascht haben.

Zu Weihnachten war das Haus halb leer.

Es war das schlimmste Jahr in Harriets bisherigem Leben gewesen, und es wurde ihr relativ gleichgültig, daß die Leute sie mieden. Jeder neue Tag war wie ein Alptraum. Wenn sie morgens erwachte, konnte sie sich nicht vorstellen, wie sie die vielen Stunden bis zum Abend durchstehen sollte. Ben war immer auf den Beinen und durfte keinen Moment aus den Augen gelassen werden. Er schlief sehr wenig. Den größten Teil der Nacht verbrachte er auf seinem Fensterbrett, von wo er in den Garten starrte, und wenn Harriet nach ihm sah, drehte er sich um und musterte sie mit einem langen, fremden, eisigen Blick. Im Halbdunkel der Kammer glich er dann wirklich einem feindselig lauernden Troll oder Gnom. Wenn er tagsüber eingeschlossen wurde, heulte und kreischte er derart, daß es durch das ganze Haus schallte und alle fürchteten, bald werde die Polizei anrücken. Manchmal rannte er plötzlich, ohne daß sie einen Grund dafür entdecken konnte, nach draußen, durch den Garten, zum Tor hinaus und auf die Straße. Einmal mußte Harriet ihm fast zwei Kilometer nachjagen, wobei sie die vierschrötige kleine Gestalt über diverse Kreuzungen rennen sah, ohne sich um Verkehrsampeln, Autogehupe und Passanten, die ihm Warnungen hinterherschrien, zu kümmern. Harriet schluchzte, keuchte hinter ihm her, und wie eine Wahnsinnige versuchte sie verzweifelt, ihn zu erwischen, bevor etwas Schreckliches passierte, doch gleichzeitig betete sie: Oh, überfahrt ihn doch, ja, doch, *bitte*... Sie holte ihn gerade noch vor der Hauptstraße ein, packte ihn und hielt das um sich schlagende Kind mit aller Kraft fest. Ben fauchte und spuckte, während er sich wie ein fischartiges Monster in ihren Armen wand. Ein Taxi kam vorbei; Harriet rief es heran, schubste Ben hinein, stieg rasch hinterher und hielt ihn mit eisernem Griff fest, obwohl er ihr mit seiner wütenden Gegenwehr den Arm zu brechen drohte.

Was war da zu machen? Wieder ging Harriet mit Ben zum Arzt, der ihn untersuchte und körperlich für völlig gesund erklärte.

Harriet beschrieb sein Verhalten, und der Doktor hörte zu.

Von Zeit zu Zeit zeigte sich eine kaum beherrschte Ungläubigkeit auf seinem Gesicht, und er hielt den Blick gesenkt, während er mit seinen Bleistiften spielte.

»Fragen Sie David, fragen Sie meine Mutter!« sagte Harriet.

»Er ist eben ein hyperaktives Kind. So bezeichnet man das, glaube ich, heutzutage«, sagte der altmodische Doktor Brett. Sie ging seit Jahren zu ihm, weil er so altmodisch war.

Endlich überwand er sich, zu ihr aufzusehen.

»Was erwarten Sie nun von mir, Harriet? Ihn bis zur Verblödung mit Medikamenten vollzupumpen? Ich bin dagegen.«

Sie schrie innerlich: Ja, ja, ja, das ist das einzige, was ich will! Laut aber sagte sie: »Nein, natürlich nicht.«

»Körperlich ist er für seine achtzehn Monate ganz normal. Sehr kräftig und, wie gesagt, sehr aktiv, aber das war er ja von Anfang an. Sie sagten, er spricht noch nicht? Auch das ist nicht ungewöhnlich. Hat Ihre Helen nicht auch ziemlich spät angefangen zu sprechen? Erinnere ich mich richtig?«

»Ja«, sagte Harriet.

Sie brachte Ben nach Hause. Nun wurde er nicht nur jede Nacht in seinem Zimmer eingeschlossen, sondern die Tür wurde von außen schwer verrammelt. Keine Minute des Tages blieb er unbewacht. Harriet beobachtete ihn, während ihre Mutter alles andere erledigte.

»Wie sollen wir dir nur danken, Dorothy?« fragte David. »Mir scheint, die Dinge sind uns so weit aus den Händen geraten, daß ein Dankeschön nicht mehr genügt.«

»Alles hier geht übers Maß des Erträglichen hinaus. Punkt«, sagte Dorothy.

Harriet wurde immer dünner, abgehetzter, rotäugiger. Wegen der nichtigsten Kleinigkeit brach sie in Tränen aus. Die Kinder gingen ihr aus dem Weg. Aus Takt? Oder hatten sie Angst vor ihr? Dorothy schlug vor, im August eine Woche lang mit Ben allein zu bleiben, während die übrige Familie zusammen irgendwohin verreiste. Weder Harriet noch David hätten normalerweise je eine Reise in Betracht gezogen, sie liebten ihr eigenes Heim. Und was war mit den Gästen, die um diese Zeit kommen würden?

»Bis jetzt hat sich noch keiner angemeldet«, sagte Dorothy.

Sie fuhren mit dem Wagen nach Frankreich. Für Harriet war es das reinste Glück: Sie hatte das Gefühl, man habe ihr endlich ihre Kinder zurückgegeben, und konnte nicht genug von ihnen bekommen. Den Kindern ging es genauso. Und Paul, ihr Baby, das Ben ihr geraubt hatte, nun bezaubernde drei Jahre alt, ein echter kleiner Charmeur, Paul war wieder ihr Baby. Sie waren noch eine Familie! Und glücklich ... Sie konnten kaum glauben, keiner von ihnen, daß Ben ihnen soviel genommen hatte.

Als sie nach Hause kamen, war Dorothy am Rande ihrer Kräfte, hatte blaue Flecken an den Armen und eine Beule an der Schläfe. Sie äußerte sich nicht weiter dazu. Aber als die Kinder am Abend nach ihrer Rückkehr im Bett waren, sagte sie zu Harriet und David: »Ich habe mit euch zu reden. Nein, setzt euch und hört mir zu.«

Sie setzten sich zu ihr an den Küchentisch.

»Ihr beide habt den Tatsachen ins Auge zu blicken. Ben muß in eine Pflegeanstalt.«

»Aber er ist doch normal«, sagte Harriet erbittert, »der Arzt behauptet es jedenfalls.«

»Als das, was er ist, mag er normal sein. Aber nicht als jemand von uns.«

»Was für eine Anstalt würde ihn denn nehmen?«

»Es muß etwas für solche Fälle geben«, sagte Dorothy und begann zu weinen.

Von nun an lagen Harriet und David jede Nacht lange wach, um über einen möglichen Ausweg zu beraten. Sie schliefen auch wieder miteinander, aber es war nicht mehr wie früher. »So müssen sich viele Mädchen vorgekommen sein, bevor es Verhütungsmittel gab«, sagte Harriet. »Jedesmal haben sie total verängstigt auf ihre Periode gewartet, und wenn sie kam, bedeutete das einen Monat Galgenfrist. Aber sicher hat keine gefürchtet, einen Unhold zur Welt zu bringen.«

Während solcher Gespräche lauschten sie immer mit einem Ohr zur »Baby-Kammer« hinüber, obwohl das Wort längst abgeschafft war, denn es tat zu weh. Was mochte Ben da treiben, auch wenn sie ihn dessen nicht für fähig hielten? Bog er vielleicht gerade die schweren Eisenstangen auseinander?

»Das Schlimme ist, daß man sich sogar an die Hölle gewöhnt«, sagte Harriet. »Nach einem Tag mit Ben ist mir, als existierte nichts außer ihm. Als hätte es nie etwas anderes gegeben. Ich merke plötzlich, daß ich stundenlang nicht an die anderen gedacht habe. Gestern habe ich vergessen, ihnen das Abendbrot zu machen. Dorothy war im Kino, und als ich nach unten kam, stand Helen am Herd und kochte irgendwas.«

»Was ihnen sicher nicht geschadet hat.«

»Sie ist *acht*.«

Nachdem die Woche in Frankreich Harriet sehr bewußt gemacht hatte, wie ihr Familienleben aussah, war sie fest entschlossen, den Dingen nicht einfach ihren Lauf zu lassen. Sie merkte, daß sie wieder stumm mit Ben redete: »Ich werde nicht dulden, daß du uns alle fertigmachst! Mich zerstörst du nicht...«

Sie versteifte sich darauf, wieder ein richtiges Weihnachtsfest zu feiern, und lud alle Welt schriftlich oder telefonisch ein. Dabei betonte sie jedesmal, daß Ben sich letzthin »sehr gebessert« habe. Sarah fragte, ob »keine Bedenken« bestünden, Amy mitzubringen. Das bedeutete im Klartext, daß sie, wie alle, von der Sache mit dem Hund und dem Kater gehört hatte.

»Es bestehen keine Bedenken, solange wir Amy niemals mit Ben allein lassen«, sagte Harriet, und nach einer langen Pause sagte Sarah: »Ach Gott, Harriet, uns beiden hat das Schicksal nicht gerade gute Karten zukommen lassen, nicht wahr?« »Sieht so aus«, sagte Harriet kurz, aber sie lehnte es ab, sich als Opfer des Schicksals zu verstehen. Auf Sarah mochte das zutreffen, mit ihren Eheproblemen und ihrem mongoloiden Kind. Ja. Aber sie, Harriet, im selben Boot mit Sarah?

Zu ihren eigenen Kindern sagte sie: »Bitte, paßt gut auf Amy auf. Laßt sie nie mit Ben allein.«

»Würde er Amy weh tun wie unserem armen Kater?« fragte Jane.

»Er hat Mr. McGregor erwürgt«, sagte Luke zornig, »er hat ihn *erwürgt*.«

»Und den armen Hund auch«, sagte Helen. Beide Kinder sahen Harriet anklagend an.

»Ja«, sagte Harriet, »vielleicht. Darum müssen wir alle besonders gut auf sie aufpassen.«

Die Kinder sahen einander an, wie sie es sich mittlerweile angewöhnt hatten, in einem geheimen Einverständnis, aus dem Harriet ausgeschlossen war. Dann gingen sie ihrer Wege, ohne sie noch einmal anzublicken.

Weihnachten wurde zwar mit weniger Gästen, aber festlich und geräuschvoll begangen, es war ein Erfolg, und doch sehnte Harriet insgeheim das Ende der Feiertage herbei. Es war so furchtbar anstrengend, Ben und Amy ständig zu beobachten. Amy war der Mittelpunkt von allem. Ihr Kopf war zu groß, ihr Körper zu formlos, aber sie war voller Liebe und Zärtlichkeit, und alle fanden sie reizend. Helen, die es längst aufgegeben hatte, sich um Ben zu bemühen, erkor nun Amy zu ihrem Liebling. Ben sah immer genau zu, schweigend, und Harriet vermochte den Blick dieser kalten gelbgrünen Augen nicht zu enträtseln. Aber das hatte sie ja nie gekonnt! Zuweilen schien es ihr, als verbrächte sie ihr ganzes Leben mit dem Versuch, Bens Gefühle und Gedanken zu ergründen. Amy, die von jedermann nur Liebe erwartete, ging zutraulich auf ihn zu, gluckste und lachte und streckte die Arme nach ihm aus. Sie war doppelt so alt wie er, auch wenn sie nur halb so alt wirkte, diese behinderte Kleine, die stets strahlte, jetzt aber plötzlich verstummte, mit kläglich verzerrtem Gesichtchen vor Ben zurückwich und ihn anstarrte, ganz wie Mr. McGregor, der arme Kater, es wahrscheinlich getan hatte. Später fing sie bei Bens Anblick jedesmal zu schreien an. Ben ließ kein Auge von ihr, diesem anderen heimgesuchten Wesen, das jeder im Hause verhätschelte. Aber wußte er denn, daß er wie Amy ein gestraftes Wesen war? War er es wirklich? *Was war er?*

Weihnachten ging vorüber, und Ben war nun zwei Jahre und ein paar Monate alt. Paul wurde in den Kindergarten weiter unten an der Straße geschickt, um ihn möglichst aus Bens Reichweite zu bringen. Das von Natur aus lustige und freundliche Kind wurde zunehmend nervös und reizbar. Es bekam Wein- und Wutanfälle, warf sich schreiend auf den Boden oder trommelte mit den

Fäusten auf Harriets Knie ein, um ihr ebensoviel Aufmerksamkeit abzutrotzen, wie sie Ben dauernd zuzuwenden schien.

Dorothy fuhr weg, um Sarah und ihre Familie zu besuchen.

Harriet war nun tagsüber mit Ben allein. Sie versuchte, sich mit ihm ebenso zu beschäftigen wie früher mit den anderen. Sie saß bei ihm auf dem Fußboden, zusammen mit Bauklötzen und anderem Spielzeug. Sie zeigte ihm bunte Bilderbücher. Sie sang ihm Kinderlieder vor. Aber Ben war für nichts zu gewinnen. Er saß inmitten all der hübschen Sachen und legte vielleicht einmal einen Klotz auf den anderen, wobei er Harriet anblickte, um zu sehen, ob sie nur das von ihm wollte. Er starrte die bunten Bilder an und versuchte, wie es schien, ihren Sinn zu entziffern. Auf den Schoß nehmen ließ er sich nie, aber er hockte neben Harriet, und wenn sie erklärte: »Sieh mal, Ben, das ist ein Vogel, ganz wie der da draußen auf dem Baum. Und das ist eine Blume...«, sah er einen Moment starr hin und wandte sich dann ab. Offenbar begriff er ganz gut, daß ein Klötzchen in das andere paßte oder man einen Turm damit bauen konnte, aber er schien keinen Sinn in alledem zu sehen. Was sollte das mit dem Vogel oder der Blume? Vielleicht war er ganz einfach schon zu weit für diese Art Kinderspiele? Manchmal hatte Harriet fast den Eindruck. Er reagierte zum Beispiel auf die Bilder, indem er in den Garten ging und eine Amsel belauerte, die auf dem Rasen herumhüpfte. Rasch und geduckt schlich er sich an, und um ein Haar hätte er den Vogel erwischt. Er riß ein paar Primeln von ihren Stengeln, starrte sie eine Weile intensiv an, zermatschte sie dann in seinen starken kleinen Fäusten und ließ sie fallen. Dann drehte er sich um und sah, daß Harriet ihn beobachtete. Er schien zu denken, daß sie etwas von ihm wollte. Aber was? Wieder starrte er auf die Frühlingsblumen, dann auf die Amsel, die jetzt zeternd auf einem Ast saß, und kam langsam ins Haus zurück.

Eines Tages sprach er. Ganz plötzlich. Er sagte weder Mama noch Papa noch seinen eigenen Namen. Er sagte: »Ich will Kuchen.«

Harriet merkte im ersten Moment gar nicht, daß er sprach. Aber dann verkündete sie überall: »Ben kann sprechen! Gleich ganze Sätze!« Die anderen Kinder, gutartig, wie sie waren, ermutigten ihn: »Das war sehr gut, Ben!« »Kluger Ben!« Aber er nahm keine Notiz von ihnen. Von nun an sprach er seine Forderungen aus. »Ich will das.« »Gib mir das.« »Will spazierengehen.« Seine Stimme war gaumig und ungefestigt, jedes Wort kam einzeln, als sei sein Hirn eine Rumpelkammer von Ideen und Gegenständen und er müsse alles und jedes erst prüfen und identifizieren.

Seine Geschwister waren erleichtert, daß er so normal sprach. »Hallo, Ben!« rief eines, und »Hallo!« antwortete Ben. Er gab sorgfältig wieder, was er hörte. »Wie geht's dir, Ben?« fragte Helen. »Wie geht's dir?« antwortete er. »Nein«, sagte Helen, »jetzt mußt du antworten: ›Danke, gut‹ oder ›Mir geht's prima‹.«

Ben starrte sie an, und es arbeitete in ihm. Dann wiederholte er unbeholfen, aber korrekt: »Mir geht's prima.«

Unablässig beobachtete er seine Geschwister, besonders Luke und Helen. Er studierte, wie sie sich setzten, wieder aufstanden, er machte ihnen nach, wie sie aßen. Er hatte verstanden, daß diese beiden, die Älteren, sich schon besser zu bewegen und zu verhalten wußten als Jane. Um den kleinen Paul kümmerte er sich überhaupt nicht. Wenn die Kinder vor dem Fernseher saßen, hockte er sich in ihre Nähe und blickte zwischen dem Bildschirm und ihren Gesichtern hin und her, um zu erfahren, welche Reaktion jeweils angebracht war. Wenn sie lachten, steuerte auch er, mit einem Moment Verspätung, sein lautes, hartes, unnatürlich klingendes Gelächter bei. Von Natur aus schien er nur über sein zähnefletschendes Grinsen zu verfügen, wenn er sich amüsierte, und das wirkte eher feindlich. Wurden die anderen bei aufregenden Szenen vor Aufmerksamkeit still und steif, so spannte auch Ben seine Muskeln an und schien von der Mattscheibe völlig gefesselt. In Wirklichkeit aber hingen seine Augen nur an seinen Geschwistern.

Im großen und ganzen war es jetzt leichter mit ihm. Harriet dachte: Nun ja, jedes normale Kind ist im ersten Jahr, nach dem Laufenlernen, am schwierigsten. Noch kein Sinn für Gefahren und Selbsterhaltung: Sie werfen sich aus ihrem Bett und von Stühlen herunter, springen in den leeren Raum, rennen in den dicksten Straßenverkehr, müssen jede Sekunde bewacht werden ... Aber meistens, fügte sie hinzu, sind sie gerade dann am reizendsten, oft einfach herzzerbrechend süß und drollig. Und dann werden sie allmählich vernünftig, und alles wird leichter.

Das Leben war leichter geworden ... Aber das war nur ihre Sicht der Dinge, wie Dorothy ihr nach ihrer Rückkehr erklärte.

Dorothy kam zurück, nachdem sie ein paar Wochen »Urlaub« genommen hatte, wie sie es nannte, und Harriet erkannte sehr bald, daß ihre Mutter sich auf eine »richtige Aussprache« mit ihr vorbereitete.

»So, mein Kind, würdest du sagen, daß ich mich zu sehr in eure Angelegenheiten einmische? Daß ich dir einen Haufen unerbetener Ratschläge gebe?«

Es war ein Vormittag, und die beiden Frauen saßen bei einer Tasse Kaffee am großen Küchentisch. Ben trieb sich beobachtend in ihrer Nähe herum, wie immer. Dorothy versuchte in humorvollem Ton zu sprechen, aber Harriet fühlte sich bedroht. Die biederen Apfelbäckchen ihrer Mutter waren hochrot vor Verlegenheit, und ihre blauen Augen blickten besorgt drein.

»Nein«, sagte Harriet. »Das tust du nie.«

»Nun, dann will ich dir mal meine Meinung sagen.«

Aber schon mußte sie innehalten: Ben fing an, mit einem Stein auf ein Backblech zu schlagen, und zwar aus Leibeskräften. Der Lärm war grauenhaft, aber die beiden Frauen warteten, bis er von selbst aufhörte: Er hätte getobt und gespuckt, wenn sie ihn unterbrochen hätten.

»Du hast fünf Kinder«, sagte Dorothy, »nicht nur das eine. Ist dir je klargeworden, daß ich Mutterstelle an den vier anderen vertrete, wenn ich hier bin? Ich glaube, nein, denn du widmest dich fast nur noch ...«

Wieder schlug Ben auf das Blech ein, in einer Art triumphaler Raserei. Er schien zu glauben, daß er etwas schmiede. Man konnte ihn sich leicht in irgendeiner Erzgrube tief unter der Erde vorstellen, wo er mit seinesgleichen werkte ... Und wieder warteten sie, bis der Krach aufhörte.

»Es ist nicht recht«, sagte Dorothy. Und Harriet erinnerte sich, wie die ständige Rede ihrer Mutter »Das ist nicht recht!« ihre Kindheit bestimmt hatte.

»Ich werde auch nicht jünger«, fuhr Dorothy fort. »Wenn ich das noch lange mitmache, werde ich krank.«

Ja, Dorothy war abgemagert, geradezu knochig. Harriet dachte, schuldbewußt wie immer, daß sie das schon lange hätte merken müssen.

»Und dein Mann ist auch noch da.« Dorothy schien nicht zu wissen, wie tief sie damit in das Herz ihrer Tochter traf. »David ist ein guter Mensch, Harriet. Ich staune immer, daß er sich so damit abfindet.«

Weihnachten nach Bens drittem Geburtstag kam nur noch ein Teil der üblichen Gäste. Eine Cousine Davids hatte gesagt: »Ich hab mich von dir inspirieren lassen, Harriet! Schließlich haben wir auch ein Haus. Es ist nicht so groß wie eures, aber recht hübsch und gemütlich.« Mehrere Familienmitglieder fuhren dorthin. Andere sagten jedoch ihr Kommen zu, demonstrativ, wie Harriet sehr wohl erriet. Das waren die nächsten Verwandten.

Wieder wurde ein Tier mitgebracht. Diesmal war es ein großer Hund, ein spielfreudiger Mischling. Er war der beste Freund von Sarahs Kindern, besonders von Amy. Natürlich waren alle Kinder vernarrt in ihn, am allermeisten Paul, und das tat Harriet in der Seele weh, weil sie sich selber keinen Hund oder keine Katze mehr halten konnten. Sie dachte sogar: Vielleicht doch, Ben ist ja inzwischen vernünftiger geworden… Aber sie wußte, daß es unmöglich war. Sie sah gerührt, wie der große Hund zu wissen schien, daß Amy, das liebe kleine Mädchen mit dem häßlichen, unbeholfenen Körper, besonderer Behutsamkeit bedurfte. In Amys Gegenwart mäßigte er seine Spiellust. Oft saß Amy da und umarmte den Hund, und wenn sie dabei zu plump mit ihm umging, schob er sie mit der Schnauze ganz sanft ein wenig weg, oder er gab einen kurzen Warnlaut von sich, der deutlich sagte: »Vorsicht, bitte.« Sarah sagte, der Hund sei für Amy wie ein Kindermädchen. »Wie die Nana in *Peter Pan*«, sagten die Kinder. Nur wenn Ben ins Zimmer kam, zog sich der Hund in eine Ecke zurück und legte den Kopf auf die Pfoten, steif vor Wachsamkeit.

Eines Morgens, als fast alle noch beim Frühstück saßen, wendete Harriet aus irgendeinem Grund den Kopf und sah, daß der Hund schlief und Ben sich ihm leise und geduckt näherte, beide Hände ausgestreckt…

»Ben!« sagte sie scharf. Die kalten gelbgrünen Augen richteten sich auf sie, und sie entdeckte darin ein bösartiges Glimmen.

Der Hund war erwacht und fuhr in die Höhe. Sein Nackenfell sträubte sich. Er winselte angstvoll, kam dahin, wo alle saßen, und kroch unter den Tisch.

Alle hatten das mit angesehen und saßen stumm da, während Ben, als sei nichts geschehen, zu Dorothy ging und sagte: »Ich will Milch.« Sie goß ihm einen Becher voll ein, und er trank ihn aus. Dann erst sah er, wie alle ihn anstarrten. Wieder einmal schien er zu versuchen, sie zu verstehen. Dann ging er in den Garten, und sie konnten durch das Fenster sehen, wie er, einem stämmigen kleinen Gnom ähnlich, mit einem Stock in der Erde herumstocherte. Die anderen Kinder waren irgendwo oben.

Um den Tisch herum saßen Dorothy, die Amy auf dem Schoß hatte, Sarah, Molly, Frederick, James und David. Und Angela, Harriets erfolgreiche Schwester, die »Tüchtige«, deren Kinder alle normal waren.

Die Atmosphäre war so gespannt, daß Harriet trotzig sagte: »Also gut, halten wir einen Familienrat.«
Ihrer Ansicht nach war es ziemlich bezeichnend, daß Frederick, Davids Stiefvater, als erster das Wort ergriff. »Du wirst der Sache ins Gesicht sehen müssen, Harriet. Der Junge gehört in eine Anstalt.«
»Dazu brauchen wir einen Arzt, der sagt, daß er nicht normal ist«, sagte Harriet. »Doktor Brett wird das sicherlich nicht tun.«
»Dann geh eben zu einem anderen Arzt«, sagte Molly. »Solche Dinge lassen sich arrangieren.« Dieses dickliche, leicht schlampig gekleidete Paar mit den roten, wohlgenährten Gesichtern war sich einig. Es gab nicht den leisesten Zweifel, nun, da sie entschieden hatten, daß es sich um eine Krise handelte, die sie ebenfalls bedrohte. Da sitzen sie wie zwei grauhaarige Richter nach einem guten Essen, dachte Harriet mit einem Seitenblick auf David, um zu sehen, ob er ihre Gedanken teilte. Er starrte jedoch mit verbissener Miene vor sich auf den Tisch. Er stimmte ihnen zu.
»Die typische Unbarmherzigkeit der Oberklasse«, sagte Angela lachend.
Niemand konnte sich erinnern, daß dieser Ton je zuvor an diesem Tisch angeschlagen worden wäre, zumindest nicht so unverblümt. In das allgemeine Schweigen hinein sagte Angela abmildernd: »Nicht, daß ich anderer Meinung wäre.«
»Selbstverständlich«, sagte Molly. »Jeder denkende Mensch muß uns zustimmen.«
»Es war nur die Art, wie ihr es ausgesprochen habt«, sagte Angela.
»Was macht es aus, wie man es sagt?« fragte Frederick.
»Und wer soll das bezahlen?« fragte David. »Ich kann es nicht. Es fällt mir schon schwer genug, die laufenden Rechnungen zu bezahlen, und auch das nur mit James' Hilfe.«
»Nun, James wird auch diesmal die Hauptlast tragen müssen«, sagte Frederick, »aber wir werden euch notfalls unter die Arme greifen.« Es war das erste Mal, daß die beiden finanzielle Hilfe an-

boten. »Knickrig wie all diese Gelehrten«, hatte der Rest der Familie immer gefunden, und dieses Urteil änderte sich auch jetzt kaum. In Zukunft würden Molly und Frederick ein paar Fasanen mitbringen, wenn sie auf zehn Tage Logierbesuch kamen, oder einige Flaschen sehr guten Wein. Ihre »Zuschüsse« würden nicht sehr ins Gewicht fallen, das wußte jeder.
Die Familie saß schweigend und voll innerer Vorbehalte da. Endlich sagte James: »Natürlich tu ich, was ich kann. Aber die Geschäftslage ist nicht mehr so gut wie früher. Yachten sind in diesen schweren Zeiten nicht jedermanns Sache.«
Wieder Schweigen. Aller Blicke richteten sich auf Harriet.
»Ihr macht mir Spaß«, sagte sie und rückte mit ihrem Stuhl vom Tisch ab. »Ihr wart alle oft genug hier, um Bescheid zu wissen, ich meine, *ihr* wißt wahrhaftig, wo das Problem liegt. Was sollen wir den Leuten in so einer Anstalt sagen?«
»Das hängt von der Anstalt ab«, sagte Molly, und ihre ganze stattliche Person bestand aus Überzeugung und Energie: Als hätte sie Ben mit Haut und Haaren verschluckt und verdaute ihn gerade, dachte Harriet. Sie sagte, sanftmütig genug, obwohl sie zitterte: »Du meinst, wir sollen uns eins dieser sogenannten Heime suchen, die nur für Leute existieren, die einfach ihre Kinder abschieben wollen?«
»Für *reiche* Leute«, warf Angela mit spöttischem Naserümpfen ein.
Molly ließ diese Impertinenz nicht gelten und sagte mit fester Stimme: »Jawohl. Wenn es keinen anderen Ausweg gibt. Eines ist jedenfalls klar: Wenn hier nichts unternommen wird, gibt es eine Katastrophe.«
»Es *ist* schon eine«, sagte Dorothy, die nun deutlich Stellung bezog. »Die anderen Kinder... Sie leiden unter der Situation. Du bist so mittendrin, Harriet, daß du es nicht mehr siehst.«
»Ja«, sagte David, ungeduldig und zornig, weil er es nicht mehr ertrug, zwischen Harriet und seinen Eltern hin- und hergerissen

zu werden. »Ja, ich stimme dem zu. Und auch Harriet wird es irgendwann einsehen müssen. Was mich betrifft, ich bin schon jetzt soweit. Ich glaube nicht, daß ich es noch länger aushalte.« Und nun sah er seine Frau an, mit einem flehenden, leidenden Blick, der nichts weiter sagte als: *»Bitte,* Harriet. *Bitte*!«

»Also gut«, sagte Harriet, »wenn wir einen geeigneten Platz finden ...« Damit begann sie zu weinen.

Ben kam gerade wieder aus dem Garten herein und sah von einem zum anderen, wobei er den üblichen Abstand hielt. Er trug eine braune Latzhose und ein braunes Hemd, beides aus strapazierfähigem Stoff. Alle seine Sachen mußten dick und fest sein, denn er zerriß sie, zerstörte sie. Mit seinem strohgelben, tief in die Stirn wachsenden Stoppelhaar, seinen steinernen Augen, deren Lider kaum schlugen, seinem krummen Rücken, den breitbeinig auf den Boden gepflanzten Füßen, den eingeknickten Knien und geballten Fäusten sah er mehr denn je wie ein finsterer Gnom aus.

»Sie heult«, stellte er fest, womit seine Mutter gemeint war. Er nahm ein Stück Brot vom Tisch und ging hinaus.

»Und was«, fragte Harriet, »was wollt ihr denen tatsächlich sagen?«

»Überlaß das nur uns«, sagte Frederick.

»Ja«, sagte Molly.

»Mein Gott!« sagte Angela mit einer Art sarkastischer Anerkennung. »Manchmal, wenn ich mit euch zusammen bin, verstehe ich dieses Land voll und ganz.«

»Danke«, sagte Molly.

»Danke«, sagte Frederick.

»Du bist unfair, Angela«, sagte Dorothy.

»Unfair«, sagten auch Angela, Harriet und Sarah, ihre Töchter, wie aus einem Munde.

Und daraufhin lachten plötzlich alle, außer Harriet. Auf diese Weise wurde Bens Schicksal entschieden.

Ein paar Tage später rief Frederick an und sagte, Molly und er

hätten einen Platz gefunden und man würde Ben mit einem Wagen abholen. Ja, gleich. Schon morgen.
Harriet geriet außer sich. Diese Hast, diese ... ja, diese Unbarmherzigkeit! Und welcher Arzt hatte sie dazu ermächtigt? Oder würde es noch tun? Ein Arzt, der Ben nicht einmal gesehen hatte? Harriet stellte David all diese Fragen, und seinem Zögern entnahm sie, daß vieles hinter ihrem Rücken geschehen war. Seine Eltern hatten ihn in seinem Büro gesprochen. David hatte etwas wie »Ja, ich mache das schon« gesagt, als Molly, die Harriet plötzlich haßte, sagte: »Du mußt jetzt Harriet gegenüber fest bleiben.«
»Jetzt heißt es, er oder wir«, sagte David zu Harriet. Und dann fügte er mit einer Stimme voll eisiger Abneigung gegen Ben hinzu: »Wahrscheinlich ist er damals vom Mars gefallen. Er kann jetzt ruhig zurückkehren und berichten, was er hier unten vorgefunden hat.« Er lachte, grausam, wie Harriet fand, der, auch wenn sie es nicht aussprach, jetzt bewußt wurde, was sie natürlich im Grunde schon geahnt hatte: Ben würde in dieser »Anstalt«, was immer das sein mochte, keine lange Lebenserwartung beschieden sein.
»Er ist doch noch ein kleines Kind«, sagte sie. »Und er ist *unser Kind!*«
»Nein, ist er nicht«, sagte David, endgültig. »Jedenfalls nicht meins.«
Sie waren im Gemeinschaftsraum. In einiger Entfernung schrillten Kinderstimmen aus dem dunklen, winterlichen Garten. David und Harriet standen gleichzeitig auf, um die schweren Fenstervorhänge beiseite zu ziehen. Sie erkannten die schemenhaften Umrisse von Bäumen und Sträuchern, und das Licht aus dem geheizten Zimmer fiel über den Rasen bis an das kahle, schwarze Gestrüpp im Hintergrund. Nässe glitzerte auf den Zweigen, und der Stamm einer Birke leuchtete weiß hervor. Soeben tauchten zwei kleine, ununterscheidbare, in wattierte Jacken Hosen und Pudelmützen gekleidete Gestalten unter einem dü-

steren Ilex-Dickicht auf und näherten sich dem Haus. Es waren Helen und Luke, auf irgendeiner Abenteuertour. Beide stocherten mit langen Stöcken hier und da im vorjährigen Laub herum.

»Da ist er!« schrie Helen plötzlich triumphierend auf, und die Eltern sahen, was da ans Licht befördert worden war: der im letzten Sommer verlorene rotgelbe Plastikball. Er war schmutzig und eingedellt, aber noch ganz. Die beiden Kinder begannen einen ausgelassenen, rasch stampfenden Rundtanz und warfen den Ball abwechselnd in die Höhe. Dann rannten sie unvermittelt und ohne ersichtlichen Grund auf die Terrassentür zu. Ihre Eltern setzten sich aufs Sofa, und gleich danach flog die Glastür nach innen auf, und die beiden leichten, flinken Geschöpfe platzten herein, mit frostgeröteten Wangen und blitzenden Augen, noch ganz voll von den Aufregungen der Wildnis, der sie angehört hatten. Schwer atmend standen sie da, und ihre Augen gewöhnten sich langsam wieder an die Wirklichkeit des warmen, hellen Familienraums und ihrer Eltern, die dasaßen und sie ansahen. Sekundenlang war es ein Zusammentreffen fremder Lebensformen: Die Kinder waren Teil einer geheimnisvollen, wilden Urtümlichkeit gewesen, die noch in ihrem Blut pochte, aber nun mußten sie beide ihr wildes Ur-Ich wieder hinter sich lassen und sich auf ihre Familie umstellen. Harriet und David fühlten mit ihnen, aus ihrer Phantasie und den Erinnerungen an ihre eigene Kindheit heraus. Gleichzeitig sahen sie sich selbst überdeutlich: zwei Erwachsene, dasitzend, zahm, domestiziert, fast bemitleidenswert, so entfernt von Freiheit und Wildnis.

Angesichts der Eltern, die ausnahmsweise einmal ganz allein waren, ohne die Geschwister, vor allem ohne Ben, lief Helen zu ihrem Vater, Luke zu seiner Mutter, und Harriet und David umarmten ihre beiden kleinen Abenteurer, ihre Kinder, und drückten sie fest an sich.

Schon am nächsten Morgen kam das Auto, ein Kleinbus, um Ben abzuholen. Harriet hatte gewußt, daß es soweit war, weil David nicht zur Arbeit gefahren war. Er war zu Hause geblieben, um sie »ruhig zu halten«! David brachte die Koffer und Taschen herunter, die er in aller Stille gepackt hatte, während Harriet mit dem Frühstück für die Kinder beschäftigt war.

David brachte alles zum Wagen. Mit verbissener Miene, so daß Harriet ihn kaum wiedererkannte, hob er Ben, der im großen Gemeinschaftsraum saß, vom Boden auf, trug ihn zum Kleinbus, stopfte ihn hinein und schlug die Tür zu. Dann kehrte er schnell zu Harriet zurück, immer noch mit diesem harten Gesicht, legte den Arm um sie, drehte sie vom Anblick des Wagens weg, der sich bereits in Fahrt gesetzt hatte (sie konnte gellendes Schreien aus seinem Innern hören), und zog sie zum Sofa, wo er, ohne sie loszulassen, ein übers andere Mal sagte: »Es geht nicht anders, Harriet. Es geht nicht.« Sie weinte, wegen des Schreckens, vor Erleichterung und vor allem aus Dankbarkeit für David, der die ganze Verantwortung übernommen hatte.

Als die Kinder nach Hause kamen, sagten sie ihnen, Ben wohne jetzt bei anderen Leuten.

»Bei Oma?« fragte Helen hastig.

»Nein.«

Vier mißtrauische, verstörte Augenpaare leuchteten plötzlich wie befreit auf. Die Kinder reagierten fast hysterisch. Sie tanzten herum, außerstande, sich zu mäßigen, und taten dann so, als wäre das alles ein Spiel, das ihnen gerade in diesem Moment eingefallen war.

Noch beim Abendessen wußten sie sich vor Fröhlichkeit und Gekicher nicht zu lassen. Aber in eine kurze Stille hinein fragte Jane plötzlich mit piepsiger Stimme: »Werden wir nun auch weggeschickt?« Sie war ein handfestes, ruhiges kleines Mädchen, Dorothy in Miniatur, und sagte selten ein überflüssiges Wort. Aber jetzt hingen ihre großen blauen Augen schreckerfüllt am Gesicht ihrer Mutter.

»Nein, natürlich nicht«, sagte David barsch.

Luke erklärte: »Ben ist nur weggebracht worden, weil er nie richtig zu uns gehört hat.«

In den nächsten Tagen dehnte sich die Familie aus wie Papierblumen in Wasser: Harriet verstand immer besser, was für eine Last Ben gewesen war, wie er sie alle unter Druck gesetzt und wie die anderen Kinder darunter gelitten hatten. Sie begriff, daß sie viel mehr gewußt und besprochen haben mußten, als die Eltern es sich hatten träumen lassen, und wie rührend sie bemüht gewesen waren, mit Ben auszukommen. Aber seit Ben aus dem Hause war, leuchteten ihre Augen, sie sprühten vor guter Laune und kamen alle paar Minuten mit kleinen Gaben an, einem Bonbon oder etwas Selbstgebasteltem: »Für dich, Mama.« Oder sie warfen sich ihr an den Hals, küßten und streichelten sie und beschnupperten ihr Gesicht wie kleine Kälber. Und David nahm mehrere Tage Urlaub, um sich den Kindern zu widmen – und ihr. Er ging sehr zart und behutsam mit ihr um. Als ob ich krank wäre, rebellierte es in ihr. Natürlich dachte sie dauernd an Ben, der irgendwo eingesperrt war wie ein Gefangener. Immer wieder sah sie den schwarzen Kleinbus vor sich, hörte sein Wutgeschrei, als man ihn abtransportierte.

Doch die Tage vergingen, und Normalität erfüllte das Haus. Harriet hörte, wie die Kinder von den Osterferien sprachen. »Diesmal wird es wieder richtig schön werden, jetzt, wo Ben nicht mehr da ist«, sagte Helen. Sie hatten tatsächlich von vornherein schon viel mehr begriffen, als Harriet hatte wahrhaben wollen.

Doch obwohl Harriet die allgemeine Erleichterung teilte und kaum noch glauben konnte, daß sie den Streß so lange ausgehalten hatte, gelang es ihr nicht, Ben aus ihren Gedanken zu verbannen. Sie dachte weder mit Liebe noch auch nur mit Zuneigung an ihn, und sie verabscheute sich selbst, weil es ihr nicht möglich war, auch nur den Ansatz eines normalen menschlichen Gefühls für ihn zu finden: Vielmehr waren es Angst und Grauen, die sie nächtelang wach hielten. David merkte, daß sie wach war, obwohl sie es vor ihm zu verbergen suchte.

Eines frühen Morgens fuhr sie aus dem Schlaf hoch. Sie hatte fürchterlich geträumt, wenn sie auch nicht mehr wußte, was, und sagte: »Ich fahre hin und sehe nach, was sie mit Ben machen.«

David öffnete die Augen, blieb regungslos liegen und sah über seinen Arm hinweg nach dem Fenster. Er hatte nur gedöst, nicht geschlafen. Harriet wußte, daß er diesen Moment gefürchtet hatte, und da war etwas an ihm, das ihr sagte: In Ordnung, das war's denn wohl, jetzt reicht es.

»David, ich muß ihn sehen.«

»Laß es«, sagte er.

»Ich muß ganz einfach.«

Wieder sagte ihr die Art, wie er so dalag, ohne sie anzusehen und ohne mehr als diese zwei Silben zu sagen, daß sie sich nur schadete und daß er da ganz im stillen seine eigenen Entscheidungen fällte. Er blieb noch ein paar Minuten liegen, stand dann auf, verließ das Zimmer und ging nach unten.

Sobald Harriet in ihren Kleidern war, rief sie Molly an, die kalt und ärgerlich reagierte. »Nein, ich verrate dir seinen Aufenthaltsort nicht. Jetzt, wo ihr euch einmal dazu durchgerungen habt, laß es dabei.«

Aber schließlich gab sie Harriet die Adresse.

Wieder fragte sich Harriet, warum sie immer wie eine Unmündige oder Kriminelle behandelt wurde? Seit Bens Geburt war es ihr so ergangen. Und jetzt hatte sie den Beweis, daß alle sie stillschweigend verurteilt hatten. Dabei ist mir doch nur ein Mißgeschick widerfahren, sagte sie sich, ich habe doch kein Verbrechen begangen.

Ben war an einen Ort im Norden Englands gebracht worden, vier oder fünf Autostunden entfernt, vielleicht auch mehr, wenn sie Pech mit dem Verkehr hatte. Tatsächlich geriet sie in mehrere Staus, als sie durch den grauen, winterlichen Regen fuhr. Erst am frühen Nachmittag erreichte sie das massive dunkle Steingebäude in einem Hochmoortal, das sie in den treibenden Regenschleiern kaum erkannte. Die Anstalt stand groß und breit inmitten von trübseligem, immergrünem Gebüsch, und die regelmäßig angeordneten Fenster, drei Reihen übereinander, waren sämtlich vergittert.

Harriet betrat eine kleine Empfangshalle, an deren Innentür eine handbeschriebene Karte klebte: Bitte klingeln. Sie klingelte und wartete, ohne daß etwas geschah. Ihr Herz klopfte laut. Sie spürte noch den Adrenalinstoß, der sie zu dieser Inspektionsreise getrieben hatte, aber die lange Fahrt hatte ihn gedämpft, und der bedrückende Anblick dieses Gebäudes sagte ihren Nerven, wenn nicht ihrem Verstand, daß es nun nichts mehr gab, an das sie sich zu ihrer Beruhigung klammern konnte, daß alles, was sie befürchtet hatte, zutraf. Auch wenn sie selbst nicht genau wußte, was das war. Sie klingelte noch einmal. Es war so still, daß sie das Schrillen der Klingel weit im Innern hörte. Nichts regte sich. Harriet entschloß sich gerade, um das Haus herumzugehen und nach einem Hintereingang zu suchen, als die Innentür abrupt aufgerissen wurde und eine schlampige junge Frau in Hosen, Wolljacke und einem dicken Schal erschien. Ihr Gesicht war blaß und schmal, und die üppige blonde Lockenmähne war mit einem blauen Band zu einem Lämmerschwanz zurückgebunden. Sie sah müde aus.

»Ja?« fragte sie.

Harriet erkannte schon an dieser Begrüßung, daß sonst nie jemand freiwillig herkam.

Sie sagte, schon jetzt störrisch: »Ich bin Mrs. Lovatt, und ich bin gekommen, um meinen Sohn zu besuchen.«

Ganz offensichtlich war diese Anstalt, oder was immer es sein mochte, auf dergleichen nicht eingerichtet.

Die junge Frau starrte Harriet an, erklärte sich mit einem unwillkürlichen kleinen Kopfschütteln für nicht zuständig und sagte: »Doktor MacPherson ist diese Woche nicht da.« Sie hatte einen starken schottischen Akzent.

»Irgendwer muß ihn doch vertreten!« erwiderte Harriet energisch.

Die junge Frau schrak vor Harriets Art zusammen, lächelte unsicher und war deutlich beunruhigt. »Warten Sie bitte«, murmelte sie und ging wieder hinein. Harriet folgte ihr, bevor die große Tür sich wieder schloß. Die junge Frau warf einen Blick über die Schulter, als wollte sie sagen: »Sie müssen draußen bleiben!«, aber statt dessen sagte sie: »Ich werde jemanden holen« und verschwand in dem langen, dunklen Korridor, der mit einer Reihe dämmriger Deckenleuchten ausgestattet war, die kaum die Düsternis durchbrachen. Es roch nach Desinfektionsmitteln. Absolute Stille. Nein, nach einer Weile hörte Harriet doch etwas, ein dünnes, hohes Kreischen, das einsetzte und abbrach und von neuem begann, von der Rückseite des Gebäudes kommend.

Weiter geschah nichts. Harriet ging ins Vestibül zurück, das sich ebenfalls schon abendlich verdunkelte. Der Regen hatte sich sintflutartig verstärkt und rauschte kalt hernieder. Von der Hochmoorlandschaft war nichts mehr zu sehen.

Sie klingelte mehrmals, fordernd, und ging wieder in den Korridor.

Weit hinten erschienen nun zwei Gestalten unter dem spärlichen Deckenlicht und kamen auf sie zu. Ein junger Mann in einem nicht ganz sauberen weißen Kittel begleitete die junge Frau, die jetzt eine Zigarette im Mund hatte und die Augen vor dem Rauch zusammenkniff. Beide wirkten müde und ratlos.

Es war ein gewöhnlicher junger Mann, auch wenn er ziemlich ausgemergelt wirkte. Seine Hände, sein Gesicht und seine Augen zeigten starke Verschleißerscheinungen. Alles in allem war er wenig bemerkenswert, und doch, da war etwas Verzweifeltes an ihm, eine Aura von Wut, Zorn oder Hoffnungslosigkeit.

»Sie hätten nicht kommen dürfen«, sagte er rasch, aber sonderbar unsicher. »Bei uns gibt es keine Besuchstage.« Seine Stimme, nasal und tonlos, verriet einen südlichen Londoner Stadtteil.

»Nun bin ich aber hier«, sagte Harriet, »und ich will meinen Sohn sehen. Ben Lovatt.«

Er zog hörbar den Atem ein und blickte auf das Mädchen, das seinerseits stumm die Lippen schürzte und die Brauen hob.

»Hören Sie zu«, sagte Harriet. »Ich glaube, Sie verstehen mich nicht ganz. Ich lasse mich nicht so einfach abwimmeln. Ich bin stundenlang gefahren, um meinen Sohn zu besuchen, und das werde ich jetzt tun.«

Er sah, daß es ihr ernst war. Er nickte, als wollte er sagen: Ja, aber darum geht es hier nicht. Dann sah er sie scharf an. Sie wurde gewarnt, und zwar von jemandem, der die Verantwortung dafür übernahm. So bemitleidenswert er auch erschien, überarbeitet und unterernährt, sicher hatte er diesen Job nur angenommen, weil kein anderer zu bekommen war, so sprach aus ihm doch das unselige Gewicht seiner augenblicklichen Position, und seine rotgeränderten, müden Augen waren streng und autoritär. Er war ernst zu nehmen.

»Im allgemeinen«, sagte er, »kommen die Leute, die ihre Kinder hierher abgeschoben haben, nie wieder zu Besuch.«

»Wissen Sie, Sie haben ja keine Ahnung«, sagte das Mädchen.

Harriet hörte sich selbst herausplatzen: »Ich habe es satt, dauernd gesagt zu bekommen, daß ich nichts verstehe, dieses nicht und jenes nicht. Ich bin die Mutter des Kinds. Ich bin Ben Lovatts Mutter. Kapieren Sie das endlich?«

Plötzlich verstanden sie sich alle drei, wenn auch nur im verzweifelten Eingeständnis eines gemeinsamen schlimmen Schicksals.

Er nickte und sagte: »Gut, ich gehe und sehe nach ...«

»Und ich komme mit«, sagte Harriet.

Das fuhr ihm in die Knochen. »Oh – nein!« rief er. »Das werden Sie *nicht!*« Er sagte etwas zu dem Mädchen, das überraschend schnell durch den Korridor zurückrannte. »Sie warten hier«, sagte er zu Harriet und ging ihr mit langen Schritten nach.

Harriet sah das Mädchen sich nach rechts wenden und verschwinden, und einem Impuls folgend öffnete sie einfach eine der Türen rechter Hand. Sie sah den jungen Mann bittend oder warnend den Arm heben, als das, was hinter der Tür war, sie erreichte.

Sie befand sich am Ende eines langen Krankensaales, an dessen Wänden jede Menge von Kinderbetten mit und ohne Gitter standen. In den Betten waren Monster, Mißgeburten. Während Harriet schnell auf die gegenüberliegende Tür zustrebte, sah sie mehr als genug. Jedes Bett enthielt ein Baby oder ein Kleinkind, bei dem das menschliche Grundmuster irgendwie aus den Fugen geraten war, manchmal nur leicht, manchmal auf grauenerregende Weise. Ein Baby wie ein Semikolon, ein haltloser Wasserkopf auf einem stengeldünnen Körper... Dann ein Etwas wie eine Stabheuschrecke, mit riesigen Froschaugen über einem Gerüst starrer Extremitäten... Ein kleines Mädchen wie eine auseinandergelaufene Teigmasse... Ein Püppchen mit kalkweißen, kugelrunden Armen, großen leeren Augen wie blaue Tümpel und offenem Mund, der eine geschwollene kleine Zunge zeigte. Ein schlottriger Junge war völlig schief und verdreht, als ob seine beiden Körperhälften nicht zueinandergehörten. Ein anderes Kind schien auf den ersten Blick normal, aber dann sah Harriet, daß es keinen Hinterkopf hatte, und da war nur ein kleines Gesicht, das sie anzuschreien schien. Reihenweise Mißgeburten, fast alle schliefen, und alle waren ruhig. Sie waren förmlich mit Drogen vollgepumpt. Allerdings, ganz still war es nicht. Aus einer Bettstelle, die mit weißen Laken verhängt war, drang ein ersticktes Schluchzen, und das schrille, unregelmäßige Geschrei, das schon vorher an Harriets Nerven gezerrt hatte, schien nun näher zu sein. Der Gestank von Exkrementen überlagerte den der Desinfektionsmittel. Dann war sie heraus aus diesem alptraumgleichen Saal und in einem Korridor, der dem ersten aufs Haar glich. An seinem Ende sah sie die junge Frau, gefolgt von dem jungen Mann, ihr ein wenig entgegenkommen und dann wieder nach rechts abbiegen. Harriet begann zu rennen, ihre Schritte hallten auf dem hölzernen Bodenbelag wider, und sie bog ab, wo die beiden verschwunden waren. Unversehens fand sie sich in einem kleinen Raum wieder, in dem mehrere Rolltischchen mit Medizinflaschen und Instrumenten standen. Sie lief quer durch ihn hindurch und befand sich nun in einer langen zementierten Passage, deren Türen alle mit vergitterten Überwachungsluken versehen waren. Der junge Mann und das Mädchen öffneten gerade eine dieser Türen, als Harriet sie einholte. Alle drei atmeten schwer.

»Scheiße«, sagte der junge Mann, womit er Harriets Anwesenheit meinte.

»Buchstäblich«, sagte Harriet. Die Tür öffnete sich in eine quadratische weiße Kammer, deren Wände mit glänzendem, hier und da festgeknöpftem Plastik gepolstert waren. Es sah aus wie ein billiges Lederimitat. Auf dem Boden auf einer grünen Schaumgummimatratze lag Ben. Er war nicht bei Bewußtsein. Er war nackt und steckte lediglich in einer Zwangsjacke. Seine blasse, belegte Zunge ragte ihm aus dem Mund. Die Haut war leichenblaß, grünlich. Alles, die Wände, der Boden und Ben selbst, war mit Kot beschmiert. Eine Pfütze von dunkelgelbem Urin breitete sich unter der Matratze, die patschnaß sein mußte, aus.

»Ich hab Ihnen ja gesagt, Sie sollten warten!« schrie der junge Mann. Er nahm Ben bei den Schultern, das Mädchen hielt seine Füße. An der Art, wie sie ihn anfaßten, sah Harriet, daß sie nicht brutal waren. Aber das war gar nicht der Punkt. Sie trugen Ben, wobei sie darauf bedacht waren, ihn sowenig wie möglich zu berühren, hinaus, ein kurzes Stück den Korridor entlang und dann wieder zu einer anderen Tür hinein. Harriet folgte ihnen und blieb beobachtend stehen. Dieser Raum hatte an einer

Wand nichts als Waschbecken, ein riesiges Bad und eine zementierte Bodenschräge mit vielen Wasserhähnen. Hierauf legten sie Ben, befreiten ihn von seiner Zwangsjacke und duschten ihn, nachdem sie die Wassertemperatur reguliert hatten, gründlich mit einem Schlauch ab. Harriet lehnte sich an die Wand und sah zu. Sie war derart schockiert, daß sie gar nichts mehr empfand. Ben rührte sich nicht. Er lag wie ein gestrandeter Fisch auf der Zementschräge, wurde mehrmals von dem Mädchen umgedreht, wobei der junge Mann den Schlauch jedesmal beiseite hielt, und schließlich auf eine Bank gelegt und abgetrocknet. Dann nahmen sie eine saubere Zwangsjacke von einem Stapel und legten sie Ben an.

»Wozu das?« fragte Harriet heftig. Sie bekam keine Antwort.

Das bewußtlose, eingeschnürte Kind, dessen Zunge hin und her schlackerte, wurde aus dem Waschraum über den Korridor in ein anderes kleines Zimmer geschafft, in dem ein niedriger Zementsockel wohl als Bett diente. Die beiden legten Ben darauf, traten zurück und seufzten.

»Also, da ist er«, sagte der junge Mann. Er stand noch einen Moment mit geschlossenen Augen da, um sich zu erholen, und zündete sich dann eine Zigarette an. Die junge Frau streckte wortlos die Hand aus, und er gab ihr auch eine. Beide rauchten und sahen Harriet erschöpft und mutlos an.

Sie wußte nicht, was sie sagen sollte. Das Herz tat ihr weh, als handle es sich um eines ihrer anderen, normalen Kinder, denn Ben kam ihr jetzt normaler vor als je zuvor, da seine harten, kalten, fremdartigen Augen geschlossen waren. Mitleiderregend, so hatte sie ihn noch nie gesehen. »Ich glaube, ich nehme ihn mit nach Hause«, hörte sie sich sagen.

»Wie Sie meinen«, sagte der junge Mann kurz.

Das Mädchen sah Harriet neugierig an, als vermute sie in ihr einen Teil des Phänomens, das Ben ausmachte, etwas von seiner Art. »Was wollen Sie denn mit ihm machen?« fragte sie, und

Harriet erkannte Angst in ihrer Stimme. »Er hat solche Kräfte! Ich habe so etwas noch nie erlebt.«

»So etwas haben wir alle noch nicht erlebt«, sagte der junge Mann.

»Wo sind seine Sachen?«

Er lachte, zum ersten Mal, ungläubig, und sagte: »Sie wollen ihn anziehen und mit nach Hause nehmen, einfach so?«

»Warum nicht? Er war doch angezogen, als er hier ankam?«

Die beiden – Wärter, Sanitäter, Schwester oder was sie auch sein mochten – tauschten Blicke aus. Dann zogen sie an ihren Zigaretten.

»Ich glaube, Sie verstehen nicht ganz, Mrs. Lovatt«, sagte er. »Zunächst einmal: Wie lange müssen Sie fahren?«

»Vier bis fünf Stunden.«

Er lachte wieder, darüber, wie unmöglich alles war, über sie, Harriet, und sagte: »Angenommen, er kommt unterwegs zu Bewußtsein, was dann?«

»Nun, dann erkennt er mich«, erwiderte sie und sah an ihren Gesichtern, daß sie dummes Zeug redete. »Also gut, was raten Sie mir?«

»Wickeln Sie ihn in ein paar Decken, aber über der Zwangsjacke«, sagte das Mädchen.

»Und dann fahren Sie, als wäre der Teufel hinter Ihnen her«, sagte der junge Mann.

Schweigen. Die drei standen da und maßen einander mit langen, nüchternen Blicken.

»Schön, versuchen Sie Ihr Glück«, sagte das Mädchen plötzlich, voller Wut gegen das Schicksal. »Ich habe sowieso zum Monatsende gekündigt.«

»Ich auch. Keiner hält hier länger als ein paar Wochen durch«, sagte der junge Mann.

»Ich verstehe«, sagte Harriet. »Ich werde mich bestimmt nicht beschweren oder sonstwas tun.«

»Sie müssen ein Formular unterschreiben. Zu unserer Absicherung«, sagte er.

Aber sie konnten es nicht so ohne weiteres finden. Endlich, nach langem Herumkramen im Aktenschrank, förderten sie ein vor langen Jahren vervielfältigtes Blatt zutage, das besagte, daß Harriet die Anstalt von jeder Verantwortung entband.

Harriet nahm Ben auf, wobei sie ihn zum ersten Mal berührte. Er war eiskalt und lag so schwer in ihren Armen. Totes Gewicht, ging ihr durch den Kopf.

Sie trat mit ihm auf den Korridor hinaus und sagte: »Nicht noch einmal durch den Krankensaal.«

»Wer könnte Ihnen das übelnehmen«, sagte der junge Mann mit matter Ironie. Er hatte sich inzwischen ein paar Decken auf die Arme gepackt, und sie hüllten Ben in zwei davon ein, trugen ihn hinaus zum Auto, legten ihn auf den Rücksitz und breiteten die übrigen Decken über ihn. Nur sein Gesicht war noch zu sehen.

Harriet stand mit den beiden jungen Leuten neben ihrem Wagen. Sie konnten einander kaum mehr erkennen. Bis auf die Scheinwerfer und die matten Lichter aus dem Haus war es stockdunkel. Wasser quatschte unter ihren Füßen. Der junge Mann nahm ein Päckchen aus seiner Kitteltasche, das eine Injektionsspritze, zwei Kanülen und einige Ampullen enthielt.

»Das sollten Sie lieber mitnehmen«, sagte er.

Da Harriet zögerte, sagte das Mädchen: »Mrs. Lovatt, Sie sind sich vielleicht nicht klar ...«

»Bis zu vier Injektionen pro Tag, nicht mehr«, sagte der junge Mann.

Harriet nickte, nahm das Päckchen und stieg ein. Als sie den Fuß schon auf dem Gaspedal hatte, fragte sie: »Sagen Sie mir eins: Wie lange hätte er das hier noch überlebt?«

Die beiden Gesichter waren im Dunkeln zwei undeutliche weiße Flecken, aber Harriet sah, daß der junge Mann sich kopfschüt-

telnd abwandte. Die Stimme des Mädchens drang zu ihr herüber: »Keins von den Kindern hält das lange durch. Aber der hier ... Er ist sehr kräftig, das kräftigste Kind, das ich je gesehen habe.«
»Was bedeutet, daß er länger durchgehalten hätte?«
»Nein«, sagte er, »das bestimmt nicht. Er hat sich nur derart gewehrt, weil er so stark ist, daß er entsprechend stärkere Spritzen bekommen hat. *Das* bringt sie um.«
»Danke, nun weiß ich Bescheid«, sagte Harriet, »danke Ihnen beiden.«
Sie sahen ihr nach, als sie abfuhr, verschwanden aber fast sofort im regnerischen Dunkel. Als Harriet die Auffahrt verließ, sah sie die beiden unter dem spärlich beleuchteten Vorbau stehen, eng beieinander, so als widerstrebe es ihnen hineinzugehen.
Sie fuhr, so schnell es ihr bei dem Winterregen möglich war, mied die Hauptstraßen und hielt stets ein Auge auf das Deckenbündel hinter ihr. Ungefähr auf halber Strecke fing es an, sich zuckend zu bewegen. Ben wurde mit einem Wutschrei wach, drosch um sich und landete prompt auf dem Boden des Autos, wo sich das dünne, mehr automatische Gewimmer, das Harriet in der Anstalt vernommen hatte, in ein Angstgebrüll verwandelte, das alles vibrieren ließ. Eine halbe Stunde lang hielt Harriet die dumpfen Tritte aus, die Ben dem Wagen versetzte, und suchte verzweifelt nach einer Ausweichstelle, wo noch kein anderer Wagen stand. Als sie endlich eine fand, hielt sie an und holte bei laufendem Motor die Spritze aus dem Handschuhfach. Von einigen Krankheiten ihrer Kinder her wußte sie, wie man damit umging. Sie öffnete eine der Ampullen, auf der kein Markenzeichen stand, und zog die Flüssigkeit durch die Kanüle in die Spritze. Ben hatte sich losgestrampelt und war, bis auf die Zwangsjacke, nackt und blau vor Kälte. Seine Augen funkelten sie haßerfüllt an. Er erkennt mich nicht, dachte Harriet. Sie wagte weder die Zwangsjacke zu lösen noch die Spritze zu hoch anzusetzen. Schließlich erwischte sie ihn an einem seiner Fußgelenke,

stach ihm die Nadel in die Wade und wartete, bis er still wurde und erschlaffte, was in wenigen Sekunden geschah. Was mochte das für ein Zeug sein?

Sie wickelte Ben sorgfältig wieder in die Decken ein und bettete ihn auf den Rücksitz. Von nun an benutzte sie die Hauptstraßen, um rascher nach Hause zu kommen. Etwa um acht kam sie an. Die Kinder würden noch am Küchentisch sitzen, und David war sicher auch da: Er war bestimmt nicht zur Arbeit gegangen.

Harriet betrat mit dem Deckenbündel, das Bens Kopf mit einhüllte, den großen Gemeinschaftsraum und blickte über die niedrige Trennwand hinüber, wo sie alle um den Tisch saßen. Luke. Helen. Jane. Der kleine Paul. Und David, mit versteinertem Gesicht. Er war entsetzt. Und sehr müde.

Harriet erklärte: »Sie hätten ihn umgebracht!«, und sie sah, daß David es ihr nie verzeihen würde, daß sie das vor den Kindern so offen ausgesprochen hatte. Auf allen Gesichtern spiegelte sich die blanke Angst.

Sie ging geradewegs die Treppe hinauf, durch das eheliche Schlafzimmer in die »Baby-Kammer« und legte Ben aufs Bett. Er erwachte eben aus seiner Betäubung. Und dann ging alles von vorn los: das Kämpfen, das Aufbäumen, das Schreien. Er fiel über die Bettkante, ehe Harriet zupacken konnte, rollte sich auf dem Boden herum und trat auf die Dielen ein, und seine Augen loderten vor Haß.

Unmöglich, ihm die Zwangsjacke abzunehmen.

Harriet ging wieder in die Küche hinunter und holte Milch und Plätzchen, während die übrige Familie ihr schweigend und regungslos zusah.

Bens Geschrei und Poltern ließen die Wände erbeben.

»Gleich wird die Polizei kommen«, sagte David.

»Sorge lieber dafür, daß die anderen ruhig bleiben«, befahl Harriet und ging mit ihrem Tablett hinauf.

Als Ben sah, was sie brachte, verstummte er, und der Haß in seinen Augen verwandelte sich in Gier. Sie hob ihn wie eine kleine Mumie hoch und setzte ihm den Milchbecher an die Lippen, und er verschluckte sich beinahe vor Hast. Er war halb verhungert. Sie steckte ihm kleine Gebäckstücke in den Mund und achtete darauf, daß ihm dabei nicht ihre Finger zwischen die Zähne kamen. Als nichts mehr da war, ging das Gebrüll und Gestrampel von neuem los. Harriet gab ihm die zweite Spritze.

Die Kinder saßen jetzt vor dem Fernsehapparat, sahen aber nicht hin. Jane und Paul weinten. David saß am Tisch, den Kopf in beide Hände gestützt. Harriet sagte ganz leise, so daß nur er es hören konnte: »Schön, vielleicht ist es unrecht, was ich getan habe. Aber dort wäre er ermordet worden.«

Er rührte sich nicht. Sie stand abgewandt da. Sie wollte ihm jetzt nicht ins Gesicht sehen.

Sie sagte: »In zwei Monaten wäre er tot gewesen. Vielleicht schon in ein paar Wochen.« Schweigen. Schließlich drehte sie sich doch um. Es war kaum auszuhalten. David sah krank und elend aus, aber das war es nicht...

»Ich habe es nicht ertragen«, sagte sie.

Er erwiderte unumwunden: »Ich dachte, das war der Zweck der Übung?«

Sie schrie auf: »Ja! Aber du hast es nicht gesehen, du hast es nicht gesehen...!«

»Davor hab ich mich wohlweislich gehütet«, sagte er. »Was hast du dir denn vorgestellt? Daß er dort zu einem wohlangepaßten Mitglied der menschlichen Gesellschaft erzogen würde, und danach sei alles in bester Ordnung?« Er grinste sie höhnisch an, aber nur, weil ihm das Weinen wie ein Kloß in der Kehle saß.

Nun sahen sie sich lang und fest in die Augen, und nichts blieb ihnen voneinander verborgen. Meinetwegen, dachte Harriet, er hatte recht, und ich hatte unrecht. Aber nun ist es geschehen.

»Aber jetzt ist es nun einmal geschehen«, sagte sie laut.

»Das ist das rechte Wort dafür.«

Sie setzte sich zu den Kindern auf das Sofa und sah, daß sie alle verweinte Gesichter hatten. Sie wagte nicht, sie tröstend zu umarmen, denn sie war es ja, die sie so zum Weinen brachte.

Als sie endlich sagte: »Zeit zum Schlafengehen«, standen alle sofort auf und gingen nach oben.

Sie nahm einen Vorrat an passenden Nahrungsmitteln für Ben mit ins Eheschlafzimmer. David war mit seinen Sachen in einen anderen Raum umgezogen.

Als Ben gegen Morgen aufwachte und zu brüllen begann, fütterte sie ihn und gab ihm eine Spritze.

Dann machte sie den Kindern Frühstück wie immer und versuchte, normal zu sein. Die Kinder versuchten es ebenfalls. Ben wurde nicht erwähnt.

Als David herunterkam, sagte sie: »Bitte bring sie zur Schule.«

Dann war sie mit Ben allein im Haus. Als er wieder wach wurde, fütterte sie ihn abermals, ließ jedoch die Spritze weg. Er schrie und tobte, aber, wie sie fand, schon viel weniger.

In einer Pause, als er sich offenbar müde geschrien hatte, sagte sie eindringlich: »Ben, du bist zu Hause. Nicht mehr dort.« Er schien ihr zuzuhören. »Und wenn du aufhörst, soviel Lärm zu machen, nehme ich dich aus dem scheußlichen Ding, das sie dir umgebunden haben.«

Es war wohl zu früh; er fing wieder an, sich zu wehren. Durch sein Geschrei hindurch hörte Harriet Erwachsenenstimmen und ging ans Treppengeländer. David war auch heute nicht ins Büro gefahren, sondern zurückgekommen, um ihr zu helfen. Zwei junge Polizisten standen in der Haustür, und David sprach mit ihnen. Sie gingen wieder.

Was mochte er ihnen gesagt haben? Harriet fragte nicht.

Um die Nachmittagszeit, als David die Kinder abholte, sagte sie zu Ben: »Jetzt wirst du Ruhe geben, Ben. Deine Geschwister kommen nach Hause, und du erschreckst sie, wenn du dauernd so schreist.«

Er war ruhig, vor Erschöpfung.
Er lag auf dem Boden, der mittlerweile mit Exkrementen verschmiert war. Harriet brachte ihn ins Badezimmer, zog ihm die Zwangsjacke aus, legte ihn in die Wanne, seifte ihn ein und duschte ihn gründlich ab. Sie sah, daß er vor Entsetzen am ganzen Körper bebte. Vermutlich war er nicht immer bewußtlos gewesen, wenn man ihn in der Anstalt gesäubert hatte. Harriet trocknete ihn behutsam ab, trug ihn in sein Bett zurück und sagte: »Wenn du jetzt wieder von vorn anfängst, muß ich dir das Ding wieder umbinden.«
Er knirschte mit den Zähnen, seine Augen flammten. Aber er hatte auch Angst. Mit Hilfe eben dieser Angst würde sie ihn unter Kontrolle halten müssen.
Während sie sein Zimmer reinigte und aufräumte, lag er still da und bewegte seine Arme, als hätte er vergessen, wie man das macht. In der Anstalt hatte man ihn wahrscheinlich vom ersten Moment an in der Zwangsjacke gehalten.
Dann hockte er sich im Schneidersitz hin, ruderte weiter mit den Armen und sah sich um. Endlich schien er sein eigenes Zimmer und seine Mutter zu erkennen.
Er sagte: »Mach die Tür auf.«
»Erst wenn ich sicher bin, daß du dich gut benimmst«, erwiderte sie.
Er öffnete den Mund zum Brüllen, aber sie fuhr ihn unvermutet an: »Ben, ich meine es ernst! Sobald du brüllst, binde ich dich wieder fest.«
Er nahm sich zusammen. Harriet brachte ihm ein paar belegte Brote, und er stopfte sie sich mit beiden Händen in den Mund und würgte sie hinunter.
Er hatte all die einfachen Umgangsformen, die sie ihm so mühsam beigebracht hatte, wieder verlernt.
Sie sprach ruhig und deutlich auf ihn ein, während er aß. »Nun hör mir gut zu, Ben. Du mußt mir zuhören. Alles wird wieder gut,

wenn du dich ordentlich benimmst. Du mußt anständig essen. Geh auf den Topf oder zur Toilette, wenn du mußt. Und höre mit dem Geschrei und Gezappel auf.« Sie wußte nicht genau, ob er zuhörte. Daher wiederholte sie alles, Satz für Satz. Sie ließ nicht locker.

Diesen Abend blieb sie bei Ben und bekam die anderen Kinder gar nicht zu Gesicht. David ließ sie allein und ging zum Schlafen wieder in ein anderes Zimmer. Ihrem Gefühl nach war es so, daß sie alle für einige Zeit von Ben abschirmte, um ihn ungestört zur Rückkehr ins Familienleben zu erziehen. Dabei wußte sie, daß die anderen sich im Stich gelassen fühlten. Sie glaubten, Harriet hätte ihnen allen den Rücken gekehrt, um allein mit Ben in ein fremdes Land zu gehen.

In dieser Nacht verschloß und verriegelte sie seine Tür, verzichtete aber auf die Spritze und hoffte, er würde auch so schlafen. Ein paar Stunden lang ging alles gut, aber dann wachte er vor Angst schreiend auf. Harriet öffnete die Tür und fand Ben an die Wand gedrückt, sich einen Arm quer vor das Gesicht haltend, unfähig, ihr zuzuhören, doch sie redete und redete, gebrauchte tröstliche und vernünftige Worte gegen diesen Anfall panischen Schreckens. Endlich wurde er ruhig, und sie gab ihm zu essen. Er konnte nicht genug bekommen; offenbar war er in der Anstalt völlig ausgehungert. Sie hatten ihn ständig unter Drogen halten müssen, und wenn er betäubt war, konnte er nichts essen.

Endlich satt, hockte er wieder auf dem Bett, an die Wand gekauert, und sah angstvoll zur Tür, durch die seine Kerkermeister gleich kommen mußten: Er hatte noch nicht wirklich begriffen, daß er zu Hause war.

Dann nickte er ein ... fuhr mit einem Schrei wieder hoch ... schlief ein ... erwachte ... Harriet blieb bei ihm, bis er richtig schlief.

Tage vergingen, Nächte vergingen.

Ben verstand endlich, daß er zu Hause und in Sicherheit war. Allmählich hörte er auf, das Essen in sich hineinzuschlingen, als ob jeder Bissen sein letzter wäre. Allmählich gewöhnte er sich wieder an seinen Nachttopf, oder er ließ sich an der Hand zur Toilette führen. Eines Tages kam er zum ersten Mal herunter und schoß förmlich mit mißtrauischen Blicken um sich, um den Feind zu erkennen, bevor der ihn wieder gefangennehmen konnte. In diesem Haus war ihm, und das war ihm nur zu bewußt, schon einmal eine Falle gestellt worden. Und zwar von seinem Vater. Als er ihn sah, wich er zurück und fauchte.

David tat nichts, um ihn zu beschwichtigen. Soweit es ihn anging, hatte Harriet die volle Verantwortung für Ben übernommen und er die für die Kinder, seine wirklichen Kinder.

Ben nahm seinen alten Platz am Familientisch wieder ein. Er ließ kein Auge von seinem Vater, dem Verräter. Helen sagte: »Hallo, Ben!« Dann auch Luke: »Hallo, Ben.« Dann Jane. Nur Paul sagte nichts. Ihm war jämmerlich zumute, seit es Ben wieder gab, und so sonderte er sich von den übrigen ab, ließ sich in einen Sessel vor dem Fernseher fallen und tat so, als verfolgte er das Geschehen auf der Mattscheibe.

Endlich sagte Ben auch: »Hallo.« Seine Augen wanderten von einem Gesicht zum anderen: Freund oder Feind?

Während er aß, beobachtete er sie unablässig. Als sie sich alle vor den Fernseher setzten, tat er es ebenfalls. Sicherheitshalber machte er ihnen alles nach und schaute nur auf den Bildschirm, weil sie es genauso machten.

Und so kehrte alles zur Normalität zurück, falls man das Wort hier anwenden konnte.

Aber Ben traute seinem Vater nicht mehr, er traute ihm nie wieder. David konnte nicht in seine Nähe kommen, ohne daß Ben erstarrte, zurückwich oder, wenn David zu nahe kam, leise knurrte.

Als Harriet von Bens Genesung überzeugt war, machte sie sich daran, einen Plan zu verwirklichen, der sie schon einige Zeit beschäftigte. Der Garten war über den letzten Sommer gänzlich verwahrlost, und sie heuerte einen Jugendlichen namens John an, um ihn wieder in Ordnung bringen zu lassen. John war arbeitslos und hielt sich mit Gelegenheitsjobs über Wasser.

Einige Tage lang beschnitt er die Hecken, grub verkümmerte Sträucher aus, sägte tote Äste von den Bäumen und mähte den Rasen. Ben hing an ihm wie eine Klette. Morgens lauerte er an der Verandatür auf Johns Ankunft, und dann folgte er ihm auf Schritt und Tritt wie ein junger Hund. John störte das überhaupt nicht. Er war ein großer, etwas zotteliger, netter Junge, gutmütig und geduldig, der Ben auf eine rauhbeinige, kameradschaftliche Art behandelte, so als wäre er tatsächlich ein Welpe, der noch erzogen werden mußte. »Nun setz dich mal artig hin und warte, bis ich fertig bin.« »Halt mir mal die Heckenschere, ja, so ist es recht.« »Nein, ich gehe jetzt nach Hause. Bis ans Tor darfst du mitkommen.«

Manchmal flennte und quengelte Ben, wenn John ihn verließ.

Nach einer Weile ging Harriet in ein bestimmtes Lokal, in »Betty's Caff«, wo John, wie sie wußte, gern herumhing, und traf ihn dort auch wirklich im Kreis seiner Kumpels an. Es war eine Bande von etwa zehn Jugendlichen, alle ohne Arbeit, und gelegentlich waren auch ein paar Mädchen dabei. Harriet hielt sich nicht mit langen Vorreden auf, denn sie wußte, daß mittlerweile alle ihre Lage kannten und verstanden – das heißt, wenn es sich nicht gerade um Ärzte oder andere Fachleute handelte.

Sie setzte sich zu den jungen Leuten und sagte, es werde noch zwei Jahre dauern, vielleicht auch mehr, bis Ben in die Schule komme. Für den Kindergarten sei er nicht geeignet. Sie sah John bei dem Wort »geeignet« gerade in die Augen, und er nickte lediglich. Sie, Harriet, würde sich freuen, wenn er, John, sich tagsüber um Ben kümmern wollte. Sie würde gut dafür zahlen.

»Meinen Sie, ich soll zu Ihnen ins Haus kommen?« fragte John, dem das gar nicht gefallen hätte.

»Das überlasse ich Ihnen«, sagte Harriet. »Er mag Sie, John. Er vertraut Ihnen.«
John sah seine Kumpels an, die sich untereinander mit den Augen berieten. Dann nickte er.
Von nun an kam er fast jeden Morgen gegen neun und holte Ben mit seinem Motorrad ab, und Ben fuhr überglücklich und lachend mit ihm davon, ohne auch nur einen Blick zurück zu seiner Mutter, seinem Vater oder seinen Geschwistern zu werfen. Die Abmachung ging dahin, daß Ben den ganzen Tag, bis zum Abendessen, von zu Hause wegblieb, aber oft kam er erst viel später. Ben wurde ein fester Bestandteil dieser Gruppe arbeitsloser junger Leute, die auf den Straßen herumlungerten, sich in Cafés die Zeit vertrieben, ab und zu einmal einen Gelegenheitsjob übernahmen, ins Kino gingen und mit Motorrädern oder geliehenen Autos durch die Gegend rasten.
Die Familie Lovatt war wieder eine Familie. Nun ja, beinahe. David kehrte ins eheliche Schlafzimmer zurück. Doch blieb eine Distanz zwischen ihm und Harriet, die er geschaffen hatte und nun aufrechterhielt, weil Harriet ihn zu tief verletzt hatte – und sie verstand das. Sie ließ ihn wissen, daß sie jetzt die Pille nahm. Für sie beide war es ein trüber Moment, denn damit fiel alles, wofür sie früher eingestanden waren, in sich zusammen. Beide hatten es als tiefes Unrecht empfunden, der Natur auf diese Weise ins Handwerk zu pfuschen. Die Natur! Sie erinnerten sich daran, wie sie sich einst so unbedingt und in jeder Hinsicht auf sie verlassen hatten.
Harriet rief Dorothy an und fragte, ob sie für eine Woche kommen könne. Dann bat sie David, mit ihr irgendwo Ferien zu machen. Seit Lukes Geburt waren sie nicht mehr miteinander allein gewesen. Sie suchten und fanden ein stilles ländliches Gasthaus, wanderten viel und behandelten sich ungeheuer rücksichtsvoll. Beiden tat dabei das Herz weh, aber damit mußten sie nun wohl für den Rest ihrer Tage leben. Manchmal, besonders in ihren

heitersten Augenblicken, kamen ihnen plötzlich die Tränen. Und nachts, wenn sie in Davids Armen lag, wußte Harriet, daß nichts mehr so war, wie es sein sollte, daß es nie wieder so werden würde wie früher.
Einmal sagte sie: »Und wenn wir doch täten, was wir uns damals vorgenommen haben..., ich meine, weiter Kinder bekommen?«
Sie spürte, wie sein ganzer Körper in Ablehnung erstarrte.
»Als ob nichts geschehen wäre?« fragte er schließlich, und sie merkte, wie gespannt er auf ihre Antwort war. Er konnte es nicht fassen, nicht glauben, er traute seinen Ohren nicht!
»Noch einen Ben würden wir sicher nicht bekommen, wieso auch?«
»Um einen zweiten Ben geht es hier nicht«, erwiderte er schließlich in so ausdruckslosem Ton, daß sein Zorn um so fühlbarer wurde.
Harriet erkannte, daß er nur mühsam eine Anschuldigung unterdrückte, von der sie sich seit Monaten in ihren eigenen Gedanken zu befreien suchte: Sie hatte der ganzen Familie einen tödlichen Schlag versetzt, als sie Ben aus der Anstalt zurückgeholt hatte.
»Wir könnten mehr Kinder haben«, beharrte sie.
»Und die vier, die wir haben, die zählen nicht?«
»Vielleicht würde es uns alle wieder zusammenbringen, alles wiedergutmachen...«
David schwieg, und in diesem Schweigen hörte sie selbst, wie falsch ihre Worte geklungen hatten. Nach einer Weile fragte er, so emotionslos wie zuvor: »Und was ist mit Paul?« Denn es war eindeutig Paul, der den größten Schaden genommen hatte.
»Er wird schon darüber hinwegkommen«, sagte sie hoffnungslos.
»Er wird nie darüber hinwegkommen, Harriet.« Jetzt bebte seine Stimme von allem, was er unterdrückte.
Harriet wandte sich ab und weinte noch lange.
Als die Sommerferien in Sicht waren, schrieb Harriet wohlüberlegte Briefe an alle früheren Stammgäste, in denen sie andeutete,

daß Ben fast nie im Hause sei. Sie kam sich treulos und verräterisch vor, aber gegen wen?

Einige kamen wirklich. Nicht jedoch Molly und Frederick, die ihr beide nicht verziehen, daß sie Ben zurückgeholt hatte; sie würden es ihr nie verzeihen, dessen war sie sicher. Aber Sarah kam mit Amy und mit Dorothy, die jetzt Amys Schutz und Schirm gegen die ganze Außenwelt war. Amys Brüder und Schwestern verbrachten den Sommer zusammen mit Angelas Kindern, und die Kinder der Lovatts wußten, daß sie nur wegen Ben auf die vertraute Feriengesellschaft verzichten mußten. Deborah machte eine Stippvisite. Sie hatte in der Zwischenzeit geheiratet und war schon wieder geschieden – eine superschlanke, elegante junge Frau, mit zunehmend bissigem Witz, aber für die Kinder eine reizende, impulsive, unpädagogische Tante, die sie mit teuren und unpassenden Geschenken überschüttete. Und auch James kam. Er sagte mehrmals, dieses Haus sei wie ein Bienenstock, aber es war nett gemeint. Dann waren da noch ein paar entferntere Verwandte, die nichts Besseres zu tun hatten, und ein Kollege Davids. Und wo steckte Ben? Eines Tages war Harriet zum Einkaufen in der Stadt, als sie hinter sich ein Motorrad aufheulen hörte. Sie drehte sich um und sah ein unkenntlich vermummtes Wesen, vermutlich John, wie einen Raumfahrer über dem Lenker hocken, und hinter ihm, eng an ihn geklammert, ein Zwergenkind: ihren Sohn Ben, der mit weit offenem Mund ein Freudengeheul ausstieß. Ekstatisch. Harriet hatte ihn noch nie so gesehen. Glücklich? War das das richtige Wort?

Sie wußte, daß Ben inzwischen für die jungen Leute so eine Art Maskottchen geworden war. Sie gingen grob mit ihm um, fand Harriet, auf jeden Fall nicht besonders freundlich, nannten ihn den Irren, Gartenzwerg, Hobbit und Gremlin. »Hey, Irrer, steh mir nicht im Weg!« »Geh und hol mir 'ne Zigarette von Bill, Hobbit.« Und Ben war glücklich. Frühmorgens stand er schon am Fenster und wartete, daß einer der »Kumpels« ihn abholte.

Wenn sie ihn enttäuschten und anriefen, um zu sagen, heute hätten sie keine Zeit für ihn, geriet er in Wut und trampelte brüllend im Haus herum.

All das kostete eine schöne Stange Geld. John und seine Bande machten sich auf Kosten der Lovatts gute Tage. Das Geld kam jetzt nicht mehr ausschließlich aus der Tasche von Bens Großvater James, denn David nahm jede Art von Zusatzarbeit an. Und die jungen Leute hatten keine Hemmungen, die Lage auszunutzen. »Wenn Sie wollen, nehmen wir Ben mit ans Meer.« »O ja, das wäre eine gute Idee.« »Kostet aber mindestens zwanzig Pfund – allein schon der Sprit.« Und die Maschinen donnerten der Küste zu, vollgepackt mit jungen Männern und ihren Mädchen, und Ben mitten unter ihnen. Wenn sie ihn zurückbrachten, hieß es: »Wir haben leider ein bißchen mehr ausgegeben.« »Wieviel?« »Noch zehn Pfund.«

»Wie schön für ihn«, sagte dann vielleicht ein Verwandter, als sei es das Selbstverständlichste auf der Welt, daß ein kleiner Junge einfach so von Fremden auf einen Ausflug mitgenommen wurde. Kam er nach Hause, nachdem er sich einen ganzen Tag lang in Johns Gesellschaft sicher und froh gefühlt hatte, rauh behandelt zwar und herumgestoßen, aber doch akzeptiert, so stand er dann am großen Küchentisch, wo die Familie saß und ihn alle ernst, bedeutsam und sorgenvoll anblickten. »Gib mir Brot«, sagte er. »Gib mir Keks.«

»Setz dich doch«, sagten dann Luke oder Helen oder Jane (niemals Paul) in dem höflichen, geduldigen Ton, den sie ihm gegenüber stets anschlugen und der Harriet so schmerzte.

Dann kletterte er energisch auf einen Stuhl und gab sich Mühe, wie sie zu sein. Er wußte, daß er nicht mit vollem Mund reden oder mit offenem Mund essen sollte. Er beachtete diese Vorschriften sorgfältig und hielt alle animalischen Regungen zurück, bis er den letzten Bissen hinuntergeschluckt hatte und sagte: »Bin satt. Möchte ins Bett.«

Er schlief nun nicht mehr in der »Baby-Kammer«, sondern ein Zimmer weiter, auf dem gleichen Flur wie die Eltern. (Das »Baby-Zimmer« stand leer.) Sie schlossen ihn auch nicht mehr ein: Schon das Geräusch eines Schlüssels, der sich im Schloß drehte, oder eines Riegels versetzte ihn in tobsüchtige Angst. Dafür schlossen sich jetzt die anderen Kinder ganz leise ein, wenn sie schlafen gingen. Die natürliche Folge war, daß Harriet nie mehr zum Gutenachtsagen zu ihnen kommen und, wenn sie kränkelten, nicht mehr nach ihnen sehen konnte. Sie mochte die Kinder nicht bitten, ihre Türen nicht abzuschließen, und noch weniger wollte sie die Sache an die große Glocke hängen, indem sie Spezialschlösser einsetzen ließ, die mit einem besonderen Schlüssel von außen geöffnet werden konnten. Aber die ganze Sache setzte ihr ziemlich zu, sie fühlte sich von den Kindern verstoßen und abgelehnt. Manchmal schlich sie nachts auf Zehenspitzen an ihre Türen und bat flüsternd um Einlaß, der ihr auch gewährt wurde. Dann gab es ein kleines Festival der Küsse und Umarmungen, aber alle mußten an Ben denken, der plötzlich hereinkommen könnte... Und er kam, auf leisen Sohlen, stand im Türrahmen und starrte auf eine Szene, die er nicht verstand.
Harriet hätte am liebsten auch ihre eigene Tür abgeschlossen. David versuchte es ins Lächerliche zu ziehen, indem er sagte, wenn sie es nicht täte, so würde er es demnächst tun. Mehr als einmal war sie schon aus dem Schlaf gefahren und hatte Ben im Halbdunkel vor dem Ehebett stehen sehen, wie er sie stumm anstarrte.
Baumschatten aus dem Garten spielten an der Decke, die Wände des großen Raumes wichen ins Unbestimmte zurück, und da im Halbdunkel stand dieses unheimliche Kind, dessen steinerner Blick sie lautlos aus dem Schlaf gerissen hatte.
»Geh wieder schlafen, Ben«, sagte sie dann mit beherrschter Stimme, um sich ihre tiefe Furcht nicht anmerken zu lassen. Was mochte er denken, wenn er einfach so dastand und die schlafen-

den Eltern ansah? Wollte er ihnen etwas tun? Oder trieb ihn ein inneres Elend herum, von dem sie, Harriet, nicht die leiseste Ahnung hatte, weil er für immer von der Normalität dieses Hauses und seiner Menschen ausgeschlossen war? Hätte auch er sie gern umarmt wie die anderen Kinder und wußte nur nicht, wie? Aber wenn sie ihn ihrerseits in die Arme nahm, reagierte er wie ein Klotz, ohne Wärme, als ob er gar nichts spürte.

Nur gut, daß er tagsüber fast nie da war.

»Ich finde, die Lage normalisiert sich«, sagte sie zu David und hoffte auf Trost und Bestätigung. Aber er zuckte nur flüchtig die Achseln und sah sie nicht an.

Immerhin waren die beiden Jahre, bevor Ben schulpflichtig wurde, nicht allzu schlimm. Harriet blickte später geradezu dankbar auf sie zurück.

Als Ben fünf Jahre alt geworden war, erklärten Luke und Helen, sie würden nun am liebsten in ein Internat gehen. Sie waren dreizehn und elf Jahre alt. Natürlich widersprach das allen Grundsätzen, die Harriet und David früher vertreten hatten. So sagten sie nein und fügten noch hinzu, daß sie es sich auch gar nicht leisten könnten. Aber wieder einmal mußten die Eltern erfahren, wieviel die Kinder schon verstanden, besprachen und planten – und dann auch danach handelten. Luke hatte von sich aus an Großvater James geschrieben, Helen an Großmutter Molly. Das teure Schulgeld würde bezahlt werden.

Luke sagte auf seine vernünftige, sachliche Art: »Die beiden finden auch, das Internat ist besser für uns. Wir wissen, daß ihr nichts dafür könnt, aber wir mögen Ben nun mal nicht.«

Dieses Gespräch fand statt, nachdem Harriet eines Morgens heruntergekommen war, Luke und Helen, Jane und Paul im Schlepptau, und Ben auf dem großen Tisch kauernd angetroffen hatte, wo er ein rohes Hähnchen mit Zähnen und Klauen zerriß. Er hatte den Kühlschrank, dessen Tür noch offenstand, ausgeräubert und den Inhalt über den Boden verstreut, offenbar in einem seiner unkontrollierbaren Anfälle. Jetzt grunzte er befriedigt über seiner Beute, und alles an ihm pulsierte von wilder Kraft. Als seine Mutter und seine Geschwister hereinkamen, blickte er von den Fleischfetzen auf und knurrte. Aber als Harriet schalt: »Pfui! Ben, was machst du da!«, wurde er fast sofort zahm, stand auf, sprang vom Tisch herunter und sah sie an, die baumelnden Reste des Hähnchens noch in der Hand.

»Armer Ben Hunger gehabt!« jammerte er.

Er hatte sich angewöhnt, sich selbst »armer Ben« zu nennen. Hatte er das von irgendwem gehört? Hatte jemand von den jungen Burschen oder Mädchen, mit denen er herumzog, einmal gesagt »armer Ben«, und er hatte erkannt, daß er damit gemeint war? Betrachtete er sich selbst als »arm«? Wenn ja, so war dies ein Charakterzug an ihm, der bisher verborgen geblieben war und einem das Herz brach, genauer gesagt, der Harriet das Herz brach. Die Kinder hatten kein Wort zu dieser Szene gesagt. Sie hatten sich zum Frühstück an den sauber abgewischten Tisch gesetzt, einander Blicke zugeworfen, dabei aber weder Harriet noch Ben angesehen.

Trotz allem gab es keine Möglichkeit, Ben von der Schulpflicht zu befreien. Harriet hatte es aufgegeben, ihm vorzulesen, mit ihm zu spielen, ihm irgend etwas beibringen zu wollen: Er lernte nichts. Aber sie wußte, daß die Behörden das nicht verstehen würden, zumindest würde es niemand zugeben oder gar anerkennen. Sie würden mit Recht einwenden, daß Ben schon eine Menge wußte, was ihn halbwegs zu einem sozialen Wesen machte. Er kannte einzelne Zusammenhänge. »Grüne Ampel: Gehen. Rote Ampel: Warten.« Oder: »Halbe Portion Chips – halber Preis von ganzer Portion.« Oder: »Mach die Tür zu, es zieht.« Solche Wahrheiten, die er vermutlich von John hatte, brachte er mit halb singender Stimme vor und blickte dann jedesmal zu Harriet, um eine Bestätigung zu bekommen. »Iß mit einem Löffel, nicht mit den Fingern!« »Schau dich an Straßenecken erst einmal um!« Zuwei-

len hörte Harriet ihn diese Merksätze nachts im Bett in einer Art Sprechgesang vor sich hin sagen, wieder und wieder. Er dachte wohl schon an die Wonnen des nächsten Tages.
Als Harriet ihm sagte, bald müsse er in die Schule, protestierte er heftig. Sie sagte, alle Kinder müßten das und auch er käme nicht darum herum. Aber an den Wochenenden und in den Ferien dürfe er weiter mit John herumziehen. Vergebens, es gab Geschrei, Wutanfälle, Verzweiflung, stundenlanges »Neeiiin«-Gebrüll. Das ganze Haus hallte davon wider.
John wurde herbeigerufen und kam mit drei anderen aus seiner Bande in die Küche. John redete Ben, laut Harriets Anweisungen, gut zu: »Nun hör mal, Kumpel. Zuhören, verstanden? Jeder muß in die Schule. Wir waren auch drin.«
»Kommst du mit?« fragte Ben, an Johns Knie gelehnt und vertrauensvoll zu ihm aufblickend. Das heißt, seine Stellung und sein emporgewandtes Gesicht drückten so etwas wie Vertrauen aus, seine Augen aber schienen vor Angst ganz in ihren Höhlen versunken zu sein.
»Nein. Aber ich bin brav zur Schule gegangen, als ich mußte.« Die vier jungen Leute lachten, denn natürlich hatten sie meistens geschwänzt, wie alle ihresgleichen. Heute war es sowieso egal. »Ich war in der Schule, klar. Rowland war in der Schule. Harry war in der Schule.«
»Ist doch klar!« bestätigten sie im Chor und spielten ihre Rollen.
»Und ich auch«, sagte Harriet. Aber Ben beachtete sie gar nicht: Sie zählte für ihn nicht.
Schließlich einigten sie sich folgendermaßen: Harriet würde Ben morgens zur Schule bringen, und John sollte ihn nach dem Unterricht abholen. Die Stunden zwischen Schulschluß und Schlafengehen würde er auch weiterhin mit John und der Gang verbringen dürfen. Um der Familie willen, dachte Harriet, um der anderen Kinder willen ... und auch meinet- und Davids wegen. Obwohl er abends später und später aus London zurückkommt.

Wie sie sah und spürte, war die Familie mittlerweile auseinandergebrochen. Luke und Helen waren in zwei verschiedenen Internaten. Jane und Paul gingen in dieselbe Schule wie Ben, aber in höhere Klassen, so daß sie nicht viel mit ihrem jüngsten Bruder zu tun hatten. Jane war ein standfestes, vernünftiges und ruhiges Mädchen, das durchaus fähig war, sich zu behaupten wie Luke und Helen. Sie kam nach der Schule selten gleich nach Hause und blieb lieber noch bei ihren Freundinnen. Aber Paul kam. Er war dann allein mit Harriet, und das, dachte sie, war sein innerstes Bedürfnis. Er war verwöhnt, schrill, schwierig und wehleidig. Wo war der reizende, süße kleine Junge geblieben, fragte sie sich, ihr Paul, während er jammerte und nörgelte, ein schlaksiger Bengel mit großen blauen Augen, die immer noch sanft waren, jetzt aber oft ins Nichts starrten oder gegen alles protestierten. Er war zu dünn. Er war immer ein schlechter Esser gewesen. Harriet holte ihn von der Schule ab und versuchte ihn mit Leckereien zum Essen zu bringen, oder sie setzte sich zu ihm und las oder erzählte Geschichten. Doch Paul hatte nicht die Fähigkeit, sich lange auf irgend etwas zu konzentrieren, er rutschte ruhelos herum und träumte vor sich hin. Dann kam er zu Harriet, um sie zu berühren, oder er krabbelte auf ihren Schoß wie ein viel kleineres Kind, nie ganz beruhigt, nie zufrieden. Er hatte keine Mutter gehabt, als er sie brauchte, das war das Problem, und alle wußten es. Wenn Paul das Motorrad hörte, mit dem Ben nach Hause gebracht wurde, brach er manchmal in Tränen aus oder schlug sogar vor lauter Verzweiflung mit dem Kopf gegen die Wand.

Als Ben bereits einen Monat die Schule besuchte, ohne daß Klagen kamen, wagte Harriet die Lehrerin zu fragen, wie er sich denn mache. Zu ihrer Überraschung hörte sie: »Er ist ein braver kleiner Kerl. Er gibt sich solche Mühe!«

Aber gegen Ende des ersten Halbjahres wurde Harriet telefonisch zur Schuldirektorin bestellt. »Mrs. Lovatt, ich weiß nicht, ob Sie …«

Die tüchtige Frau war über alles, was in ihrer Schule vorging, natürlich genau im Bilde, und sie wußte, daß Harriet der hauptverantwortliche Elternteil von Luke, Helen, Jane und Paul war.

»Wir sind alle ratlos«, sagte sie. »Ben gibt sich wirklich Mühe. Aber er paßt nicht recht zu den anderen Kindern. Schwer zu sagen, woran das liegt.«

Harriet saß abwartend da, wie sie schon viel zu oft, so schien es ihr, in Bens kurzem Leben dagesessen hatte, und wartete auf die Bestätigung, daß es sich bei Ben um mehr handelte als um Anpassungsschwierigkeiten.

»Er war schon immer ein Außenseiter«, bemerkte sie.

»Ach, das schwarze Schaf der Familie? Na, das ist ja die Regel, ich erlebe es oft«, sagte Mrs. Graves leutselig. Während das Gespräch weiter an der Oberfläche blieb, lauschte Harriet, die dafür einen besonderen Sinn entwickelt hatte, auf das, was sich zwischen den Zeilen heraushören ließ. Niemand konnte sich davon frei machen, der über Ben sprach.

»Ist es nicht ein etwas ungewöhnliches Arrangement«, lächelte Mrs. Graves, »daß Ben immer von diesen jungen Männern abgeholt wird?«

»Er ist ja auch ein ungewöhnliches Kind«, sagte Harriet mit einem direkten Blick auf Mrs. Graves, die nickte, ohne den Blick zu erwidern. Sie runzelte die Stirn, als ob ihr ein unbehaglicher Gedanke zu schaffen machte, den sie jedoch nicht weiterzuverfolgen wünschte.

»Haben Sie je ein Kind wie Ben in Ihrer Schule gehabt?« fragte Harriet.

Damit riskierte sie, daß die Schulleiterin fragte: »Was meinen Sie damit, Mrs. Lovatt?« Und tatsächlich fragte Mrs. Graves: »Was meinen Sie damit, Mrs. Lovatt?«, aber, um Harriet nicht antworten zu lassen, fügte sie sehr schnell hinzu: »Er ist hyperaktiv, nicht wahr? Natürlich ist das ein Wort, das die Sache nicht ganz trifft.

Man sagt im Grunde wenig, wenn man ein Kind hyperaktiv nennt. Aber Ben hat nun mal diese überschüssigen Kräfte. Er kann nicht lange stillsitzen. Nun ja, viele Kinder können das nicht. Seine Lehrerin spricht für ihn. Er sei so rührend bemüht; aber sie braucht für ihn mehr Durchhaltekraft als für alle anderen zusammen... Nun ja, Mrs. Lovatt. Vielen Dank für Ihren Besuch, er hat uns weitergeholfen.« Als Harriet ging, spürte sie den Blick der Schulleiterin auf ihrem Rücken, diesen langen, besorgten, forschenden Blick, der alles ausdrückte: Unruhe, ja sogar Grauen – alles, was sich nur zwischen den Zeilen hatte heraushören lassen.

Gegen Ende des zweiten Halbjahres wurde Harriet angerufen: Sie möge bitte unverzüglich kommen. Ben habe jemanden verletzt.

Es war soweit. Das hatte sie immer gefürchtet. Ben war plötzlich rabiat geworden und hatte ein größeres Mädchen auf dem Schulhof angefallen. Er hatte sie zu Boden gerissen, auf den harten Asphalt, wo sie sich die Beine aufgeschlagen hatte. Dann hatte er sie gebissen und ihr mit Gewalt den Arm gebrochen.

»Ich habe schon mit Ben gesprochen«, sagte Mrs. Graves. »Er scheint es nicht im mindesten zu bereuen. Man könnte meinen, er weiß überhaupt nicht, was er da wieder angestellt hat. Aber in seinem Alter sollte er allmählich wissen, was er tut.«

Harriet fuhr sofort mit Ben nach Hause. Paul wollte sie später abholen, auch wenn sie ihn viel lieber gleich mitgenommen hätte: Der Junge hatte natürlich von dem Vorfall gehört und verfiel in hysterische Zustände. Er schrie, Ben würde auch ihn umbringen! Aber Harriet mußte jetzt erst einmal mit Ben allein sein.

Ben saß auf dem Küchentisch, baumelte mit den Beinen und aß ein Brot mit Marmelade. Er fragte nur, ob John ihn heute zu Hause abholen würde. Alles, was er brauchte, war John.

»Ben«, sagte Harriet, »du hast die arme Mary Jones schwer verletzt. Warum hast du das getan, Ben?«

Er hörte gar nicht hin, sondern biß große Stücke von dem Brot ab und schluckte sie fast ungekaut hinunter.
Harriet setzte sich so dicht vor ihn, daß er sie nicht mehr ignorieren konnte, und fragte: »Ben, erinnerst du dich noch an das Haus, in das du damals gebracht worden bist? Mit dem kleinen schwarzen Bus?«
Er erstarrte. Langsam wandte er ihr das Gesicht zu. Der Brotrest in seiner Hand zitterte, weil *er* am ganzen Leib zitterte. O ja, er erinnerte sich! Harriet hatte ihm nie zuvor mit der Anstalt gedroht, weil sie immer gehofft hatte, es sei nicht mehr nötig.
»Weißt du es noch, Ben?«
Seine Augen flackerten wild. Er wollte vom Tisch springen und davonlaufen, war aber wie gelähmt. Er stierte um sich, in alle Ecken, zu den Fenstern, zur Treppe, als wollte man ihn von allen Seiten her angreifen.
»Hör gut zu, Ben, und merke dir eins: Wenn du je, je, *jemals* wieder jemandem weh tust, bringen wir dich dorthin zurück.«
Sie hielt seinen Blick fest und hoffte, daß er nicht verstand, was sie nur für sich innerlich hinzufügte: Natürlich brächte ich das nie über mich, niemals.
Er saß da, schauderte wie ein nasser, frierender Hund, und seine krampfartigen, unbewußten Abwehrbewegungen verrieten Spuren seiner Anstaltserfahrungen. Mit einer Hand schützte er sein Gesicht und spähte angstvoll durch die Finger. Dann ließ er die Hand fallen, wandte den Kopf ab und preßte den anderen Handrücken auf den Mund. Darüber starrten entsetzte Augen ins Leere. Einen Moment lang entblößte er drohend die Zähne, hielt dann aber inne und hob den Kopf, als wollte er ein langes, tierisches Geheul in die Luft entsenden. Ihr war, als hörte sie es schon, dieses grausig einsame Geheul ...
»Hast du mich verstanden, Ben?« fragte sie sanft.
Er rutschte vom Tisch und trampelte die Treppe hinauf, eine dünne Urinspur hinter sich lassend. Sie hörte seine Tür zuknal-

len und gleich danach das Angst- und Wutgebrüll, das er so lange zurückgehalten hatte.
Sie erreichte John telefonisch in »Betty's Caff«. Er kam sofort, allein, wie sie ihn gebeten hatte.
Nachdem er sich Harriets Bericht angehört hatte, ging er in Bens Zimmer hinauf. Harriet blieb lauschend an der Tür stehen.
»Hobbit, du weißt nicht, wie stark du bist. Das ist das Schlimme an dir. Du darfst anderen Leuten nicht weh tun.«
»Bist du böse auf Ben? Wirst du Ben verhauen?«
»Von Bösesein ist keine Rede«, sagte John, »aber wenn *du* Leute verhaust, hauen sie zurück.«
»Wird Mary Jones mich verhauen?«
Kurzes Schweigen. Sogar John schien verdutzt zu sein.
»Nimmst du mich mit ins Café? Bitte ja, bitte gleich!«
Harriet hörte, wie John nach einer sauberen Latzhose suchte und Ben überredete, hineinzusteigen. Sie ging rasch nach unten. Kurz darauf kam auch John, Ben fest an der Hand. John zwinkerte Harriet zu und streckte ermutigend einen Daumen hoch. Dann fuhr er mit Ben auf seinem Motorrad davon. Sie machte sich auf den Weg, um Paul nach Hause zu holen.
An einem der nächsten Tage bat sie Doktor Brett, einen Termin mit einem Spezialisten zu arrangieren. »Und bitte stellen Sie mich nicht wieder gleich als idiotische Hysterikerin hin«, sagte sie.
Doktor Brett gab ihr die Adresse einer Psychotherapeutin. Harriet fuhr mit Ben nach London. Dort überließ sie ihn der Obhut der Sprechstundenhilfe, denn Frau Doktor Gilly wünschte ein Kind zuerst ganz allein zu sprechen, ohne die Eltern. Das klang vernünftig. Vielleicht war das endlich die richtige Adresse? dachte Harriet, als sie in einem kleinen Café in der Nähe saß, fragte sich dann aber sofort: Was meine ich damit? Worauf hoffe ich diesmal? Nichts weiter, sagte sie sich, als daß jemand *endlich* die rechten Worte findet, die furchtbare Last mit mir teilt. Nein, auf völlige Befreiung hoffte sie schon längst nicht mehr, nicht einmal

auf wesentliche Änderungen. Nur daß jemand sie verstand, ihre Bemühungen anerkannte.

War das noch möglich oder denkbar? Zwischen Sehnsucht nach Hilfe und kaltem Zynismus hin- und hergerissen – *was hatte sie denn zu erwarten!*-, kehrte sie in die Praxis zurück und fand Ben dort zusammen mit der Schwester in einem kleinen Raum neben dem Wartezimmer. Ben stand mit dem Rücken zur Wand und belauerte jede Bewegung der Fremden wie ein verängstigtes Tier. Als er seine Mutter sah, stürzte er auf sie zu und versteckte sich hinter ihr.

»Also, Ben!« sagte die Schwester beleidigt. »*So* brauchst du dich nicht anzustellen!«

Harriet sagte ihm, er solle sich hinsetzen und auf sie warten; sie komme gleich zurück. Er verzog sich hinter einen Stuhl und stand da, ohne den Blick von der Schwester zu lassen.

Dann saß Harriet einer sehr klug und erfahren aussehenden Frau gegenüber, der man bestimmt schon erzählt hatte, Harriet war dessen sicher, daß sie es mit einer überspannten Mutter zu tun hatte, die mit ihrem fünften Kind nicht fertig wurde.

»Kommen wir gleich zur Sache, Mrs. Lovatt«, sagte Doktor Gilly. »Das Problem liegt nicht bei Ben, sondern bei Ihnen. Sie mögen ihn nicht besonders.«

»O mein *Gott*!« explodierte Harriet. »Kommen Sie mir nicht wieder damit!« Sie sah, wie die Ärztin auf ihren weinerlich-entrüsteten Ton reagierte. »Das haben Sie von Doktor Brett«, sagte sie. »Sie reden es ihm einfach nach.«

»Nun, Mrs. Lovatt, ist es denn so unwahr? Ich möchte zu Ihrer Beruhigung sagen, daß Sie nichts dafür können. Außerdem ist es nicht ungewöhnlich. Wir können uns nicht aussuchen, was in dieser Lebenslotterie für uns herauskommt. Und ein Kind zu bekommen ist immer ein Glücksspiel. Manche haben Pech. Vor allem dürfen sie sich dann keine Selbstvorwürfe machen.«

»Ich werfe mir nichts vor«, sagte Harriet. »Allerdings erwarte ich nicht mehr, daß Sie mir glauben. Aber es ist ein schlechter Scherz. Seit Bens Geburt soll ich immer an allem schuld sein. Ich fühle mich wie eine Angeklagte. Ständig wird dafür gesorgt, daß ich wie eine Kriminelle dastehe.« Als sie diese Anklage hervorbrachte, konnte Harriet ihre Stimme nicht mehr mäßigen, Jahre der Verbitterung brachen sich ihre Bahn. Frau Doktor Gilly blickte währenddessen wortlos auf ihren Schreibtisch. »Es ist schon erstaunlich! Kein Mensch, buchstäblich keiner, hat je zu mir gesagt: ›Was für eine prächtige Mutter bist du! Vier herrliche, normale, hübsche, begabte Kinder! Sie machen dir alle Ehre. Gut gemacht, Harriet!‹ Finden Sie es nicht auch seltsam, daß niemand je ein Wort darüber verloren hat? Aber über Ben zerreißen sich alle die Mäuler: Und ich bin eine Kriminelle!«
Die Ärztin fragte nach einer kurzen Bedenkpause: »Sie stoßen sich daran, daß Ben nicht begabt ist, oder?«
»O mein Gott!« stöhnte Harriet auf. »Genau *darum* geht es!«
Die beiden Frauen maßen einander mit Blicken. Harriet resignierte allmählich; die Ärztin war wütend, ohne es zu zeigen.
»Sagen Sie mir eins«, fuhr Harriet endlich fort, »wollen Sie damit ausdrücken, daß Ben eigentlich ein ganz normales Kind ist? Daß er keinerlei Auffälligkeit zeigt?«
»Sein Verhalten liegt im Bereich des Normalen. Wie ich höre, ist er nicht besonders gut in der Schule, aber die meisten Spätentwickler holen im Laufe der Zeit alles wieder auf.«
»Es ist nicht zu glauben«, sagte Harriet. »Hören Sie, tun Sie irgend etwas! Oh, in Ordnung, aber tun Sie mir einen Gefallen: Lassen Sie Ben zu uns hereinbringen.«
Doktor Gilly überlegte einen Moment und sagte dann etwas in ihre Sprechanlage.
Sie hörten Ben draußen »Nein, nein!« brüllen, dann die eindringliche Stimme der Schwester.
Die Tür öffnete sich. Ben erschien auf der Schwelle: Er wurde von

der Schwester ins Zimmer geschoben. Die Tür schloß sich hinter ihm. Ben wich zurück und starrte die Ärztin an.
Seine Schultern waren leicht vorgestreckt, die Knie etwas gebeugt, so als ducke er sich zum Sprung oder zur Flucht. Er war klein, aber breit und untersetzt, das fahlgelbe struppige Haar wuchs ihm immer noch spitz in die niedrige Stirn mit den starken, wülstigen Brauen. Seine platte Nase mit den flatternden Nüstern war vorn etwas aufgebogen. Sein Mund war dick und formlos, die Augen glichen grünlichstumpfen Steinen. Harriet dachte zum ersten Mal: Er sieht viel älter aus als ein Sechsjähriger, viel älter. Man könnte ihn fast für einen zwergwüchsigen Mann halten, keinesfalls für ein Kind.
Die Ärztin sah Ben an. Harriet beobachtete sie beide. Nach kurzer Stille sagte die Ärztin: »Es ist gut, Ben, du kannst wieder hinausgehen. Deine Mutter kommt gleich nach.«
Ben stand wie versteinert. Die Ärztin sprach wieder in ihren Apparat, worauf sich die Tür öffnete und Ben außer Sicht gezerrt wurde. Er stieß ein drohendes Knurren aus.
»Nun, Doktor Gilly, was meinen Sie jetzt?«
Die Ärztin wirkte beleidigt, blieb aber auf der Hut und überlegte offenbar, wie sie diese Unterredung am schnellsten beenden könnte. Sie gab keine Antwort.
Statt ihrer ergriff Harriet das Wort, und obwohl sie wußte, daß es keinen Zweck hatte, sagte sie es, sie wollte es endlich ausgesprochen hören: »Er ist kein menschliches Wesen, nicht wahr?«
Wider Erwarten ließ Doktor Gilly plötzlich durchblicken, was sie wirklich dachte. Sie seufzte schwer, fuhr sich mit der Hand übers Gesicht und blieb dann sekundenlang mit geschlossenen Augen sitzen, die Finger über den Lippen. Sie war eine gutaussehende, reife Frau, lebenserfahren und lebenstüchtig, aber in dieser winzigen Zeitspanne zeigte sich ihre unzulässige, unprofessionelle Ratlosigkeit, und sie blickte fast benommen irgendwohin in die Luft.

Dann befahl sie sich, das, was Harriet als einen Moment der Wahrheit erkannt hatte, zu verleugnen. Sie ließ die Hände sinken, lächelte und fragte scherzhaft: »Und woher kommt er? Von einem anderen Stern? Aus dem fernen Weltall?«

»Nein. Aber Sie haben ihn genau gesehen. Wie wissen wir, welche Arten von Menschen, Rassen meine ich, jedenfalls Geschöpfe, die wenig mit uns gemein haben, auf diesem Planeten schon gelebt haben? In der Vergangenheit. Was wissen wir von ihnen? Woher sollen wir wissen, ob solche Fabelwesen, Zwerge, Gnome, Trolle, nicht wirklich einmal hier gelebt haben? Ist das nicht der Grund dafür, daß wir uns immer noch Geschichten über sie erzählen? Daß sie wirklich einmal existiert haben ... Nun ja, woher wissen wir, daß es nicht so ist?«

»Sie glauben, Ben könnte ein genetischer Rückfall sein?« fragte Doktor Gilly ernst. Es klang, als sei sie bereit, diese Möglichkeit in Betracht zu ziehen.

»Mir scheint es offensichtlich«, sagte Harriet.

Wieder folgte ein Schweigen, und Doktor Gilly betrachtete ihre wohlgepflegten Hände. Dann blickte sie seufzend auf, begegnete Harriets Augen und fragte: »Wenn das so ist, was erwarten Sie dann eigentlich von mir?«

»Nur, daß Sie es deutlich aussprechen«, sagte Harriet eindringlich. »Daß Sie es anerkennen. Ich ertrage nicht länger, daß keiner es wahrhaben will.«

»Sehen Sie denn nicht, daß das meine Kompetenzen überschreiten würde? Wenn es so ist, wie Sie sagen? Soll ich Ihnen etwa einen Brief an den Zoo mitgeben, damit der Junge hinter Gitter kommt? Oder ihn an ein Versuchslabor weiterreichen?«

»O Gott«, sagte Harriet. »Nein, natürlich nicht.«

Schweigen.

»Danke, Doktor Gilly«, sagte Harriet und stand auf, womit sie das Gespräch auf die herkömmliche Art beendete. »Würden Sie mir bitte ein wirklich starkes Sedativum verschreiben? Es gibt

Stunden, in denen ich Ben nicht mehr kontrollieren kann, und ich brauche etwas, um mir zu helfen.«

Die Ärztin schrieb. Harriet nahm das Rezept an sich. Sie dankte Doktor Gilly. Sie verabschiedete sich. An der Tür sah sie sich noch einmal um. Der Gesichtsausdruck der Ärztin war wie erwartet. Ihr starrer, düsterer Blick spiegelte wider, was die Frau empfand: Grauen vor dem Fremdartigen, Widerstand des Normalen gegen alles, was außerhalb der menschlichen Grenzen liegt. Grauen vor Harriet, die Ben geboren hatte.

Harriet fand Ben allein im Wartezimmer vor, wo er sich in eine Ecke verkrochen hatte und ihr mit seinen steinernen Augen ohne einen Wimpernschlag entgegenstarrte. Er zitterte. Menschen in weißen Uniformen, in weißen Kitteln, Räume, die nach Chemikalien rochen... Harriet erkannte, daß sie, ohne es zu wollen, ihre Drohungen bekräftigt hatte: Wenn du dich schlecht benimmst, dann...

Er war verschüchtert. An sie gedrückt, begann er zu weinen, aber nicht wie ein Kind bei der Mutter, sondern wie ein verängstigter Hund.

Von nun an gab sie ihm allmorgendlich von dem Sedativum, das aber nicht viel Wirkung auf ihn hatte. Immerhin hoffte sie, es werde ihn einigermaßen ruhig halten, bis die Schule vorbei war, John ihn abholte, und er mit auf dem Motorrad davondonnern konnte.

So kamen sie durch Bens erstes Schuljahr. Das bedeutete, daß sie alle so tun konnten, als ginge es bei ihnen eigentlich nicht besonders ungewöhnlich zu. Ben war ganz einfach ein »schwieriges« Kind. Er lernte nichts, aber das taten viele andere Kinder auch nicht. Sie vertrödelten ihre Zeit in der Schule, und das war's dann.

Vor den Weihnachtsferien dieses Jahres schrieb Luke aus dem Internat, daß er gern zu seinen Großeltern fahren würde, James und Jessica befanden sich irgendwo an der südspanischen Küste. Helen fuhr zur Großmutter Molly nach Oxford.

Dorothy, Harriets Mutter, kam zwar, aber nur für drei Tage. Dann nahm sie Jane mit zu Sarah: Jane liebte die kleine mongoloide Amy abgöttisch.

Ben verbrachte die ganze Ferienzeit mit John. Harriet und David (falls er verfügbar war; er arbeitete jetzt Tag und Nacht) widmeten sich vorwiegend Paul, mit dem es allmählich fast noch schwieriger geworden war als mit Ben. Aber schließlich litt Paul an einem »normalen« Kindheitstrauma und war auf natürliche Weise verstört, er war kein Fremdkörper.

Paul saß stundenlang vor dem Fernsehapparat. Er verkroch sich förmlich in den Flimmerkasten, zappelte herum, ohne sich auf irgend etwas zu konzentrieren, und aß und aß, nahm dabei aber nicht zu. Er schien aus einem unersättlichen Mund zu bestehen, der dauernd gefüttert werden wollte. Jede Faser von ihm schien nach etwas zu verlangen. Aber nach was? Es half nichts, wenn seine Mutter ihn in die Arme nahm, er war zu unruhig, um sich ihr zu überlassen. Bei David war er gern, aber auch nie für lange. Nur das Fernsehen hatte eine magische Anziehungskraft auf ihn. Kriege und Aufstände, Anschläge und Geiselnahmen, Morde und Raubüberfälle und Entführungen... Die barbarischen achtziger Jahre waren auf dem Vormarsch, und Paul lag, alle viere von sich gestreckt, vor dem Apparat, oder er lief rastlos im Zimmer umher, aß und starrte auf den Schirm, das war seine Nahrung. So schien es wenigstens.

Das Bild des künftigen Familienlebens stand in seinen Hauptumrissen schon fest.

Luke fuhr von nun an über die Ferien immer zu seinem Großvater James, mit dem er »blendend auskam«. Auch mit seiner »Stiefgroßmutter« Jessica verstand er sich gut; er fand sie »echt witzig«. Desgleichen seine Tante Deborah, deren gescheiterte Eheversuche sich zu einem langen Fortsetzungsroman auswuchsen, der sich Luke wie ein Comic präsentierte. Luke blühte und gedieh mit den Reichen; und von Zeit zu Zeit schleppte James ihn förmlich zu einem Besuch bei seinen Eltern, denn dem gutmütigen Mann tat leid, was in jenem Unglückshaus alles passiert war, und er wußte, daß Harriet und David sich nach ihrem Ältesten sehnten. Ein paarmal besuchten sie Luke anläßlich eines Sportfestes in seinem Internat, und Luke selbst kam gelegentlich in der Mitte jedes Trimesters nach Hause.

Helen war am glücklichsten bei Molly und Frederick. Sie bewohnte das Zimmer, das ihr Vater einst als sein wahres Zuhause empfunden hatte, und war »Großvater« Fredericks Liebling. Auch Helen kam in der Mitte des Trimesters manchmal kurz nach Hause.

Jane hatte Dorothy angebettelt, Harriet und David ins Gewissen zu reden, denn sie wollte nun am liebsten für immer bei Großmutter Dorothy und Tante Sarah leben, mit den drei gesunden Kindern und der armen, süßen Amy. Sie bekam, was sie wollte. Dorothy brachte Jane manchmal zu Besuch mit, und Harriet und David merkten, daß Dorothy dem Kind eingeschärft hatte, »nett« zu ihnen zu sein und Ben nie, unter keinen Umständen, zu kritisieren.

Paul blieb daheim. Er war jetzt viel mehr zu Hause als Ben.

David fragte Harriet: »Was sollen wir bloß mit Paul anfangen?«

»Was können wir schon machen?«

»Er gehört in Behandlung. Zu einem Psychiater...«

»Was soll das nützen!«

»Er lernt überhaupt nichts, er faulenzt nur herum. Er ist schlimmer als Ben! Ben ist nun mal von Natur so, wie er ist, was das auch sein mag, ich will es gar nicht so genau wissen. Aber Paul...«

»Und wer soll das bezahlen?«

»Ich.«

David übernahm nun, zu aller übrigen Arbeitslast, die Leitung technischer Fortbildungskurse an einer Abendhochschule und kam kaum noch nach Hause. Wenn er während der Woche einmal kam, war es spätabends, und er fiel dann nur noch ins Bett und schlief wie ein Stein.

Paul bekam einen »Gesprächspartner«, wie die psychiatrische Behandlung beschönigend umschrieben wurde, zu dem er fast jeden Nachmittag nach der Schule ging. Die Sache war ein Erfolg. Der Psychiater war ein ruhiger Mann in den Vierzigern, hatte eine eigene Familie und ein hübsches Haus. Paul blieb oft zum Abendessen dort und ging sogar hin, um mit den Doktorkindern zu spielen, wenn gar kein Gesprächstermin angesetzt worden war.

Manchmal war Harriet in ihrem Riesenhaus den ganzen Tag völlig allein, bis Paul so um sieben kam und sofort den Fernseher andrehte, und dann gelegentlich auch Ben auftauchte, obwohl ihn der Bildschirm selten länger als ein paar Minuten zu interessieren schien. Harriet wußte nicht zu sagen, was es eigentlich war, das seine Aufmerksamkeit auf sich zu ziehen vermochte.

Die beiden Jungen haßten einander.

Einmal kam Harriet gerade dazu, als Paul, in eine Küchenecke gedrängt, sich auf den Zehenspitzen hochreckte, um Bens Händen, die nach seiner Kehle griffen, zu entgehen. Hier der kurze, stämmige Ben, dort der lange, spindeldürre Paul... Wenn Ben wollte, konnte er Paul umbringen. Harriet dachte, Ben wollte Paul sicherlich nur angst machen, aber Paul war wie von Sinnen, und Ben grinste rachsüchtig und triumphierend.

»Ben!« kommandierte Harriet. »Ben, *kusch!*« Und noch zweimal, wie zu einem Hund: »*Kusch*, sage ich, *kusch*!«

Er drehte sich scharf zu ihr um und ließ die Hände sinken. Sie legte stumm die Drohung in ihren Blick, die sie schon mehrmals mit Erfolg ausgesprochen hatte und mit der sie Macht über ihn gewann: die Erinnerungen an die Anstalt.

Er bleckte die Zähne und knurrte.

Paul kreischte, sein ganzes Entsetzen brach aus ihm heraus, und er rannte, stolpernd und rutschend, zur Treppe, um nur von diesem Grauen wegzukommen, das Ben für ihn darstellte.

»Wenn du das noch einmal tust...«, drohte Harriet. Ben ging langsam an den großen Tisch und setzte sich. Sie glaubte, daß er nachdachte. *»Wenn du das noch einmal tust, Ben...«* Er hob den Kopf und blickte seine Mutter an. Er erwog und berechnete etwas, soviel sah sie. Aber was? Diese steinernen, unmenschlichen Augen... Was sah er? Jedermann glaubte, daß er das gleiche wie alle sah: eine menschliche Welt. Aber vielleicht war sein Nervensystem auf ganz andere Fakten und Daten eingestellt? Woher sollte man das wissen? Was also dachte er? Wie erlebte er sich selbst?

»Armer Ben«, murmelte er manchmal immer noch.

Harriet erzählte David nichts von dem neuen Zwischenfall. Er war sowieso am Rande seiner Durchhaltekraft. Und was hätte sie auch sagen sollen? »Heute hat Ben versucht, Paul umzubringen!« Das lag weit jenseits aller Grenzen des Erträglichen oder Erlaubten. Außerdem glaubte Harriet nicht, daß Ben seinen Bruder wirklich hatte töten wollen. Er hatte nur wieder einmal gezeigt, wozu er fähig wäre, wenn...

Das sagte sie auch Paul. Ben hätte ihm natürlich nur angst machen wollen. Sie hoffte, daß Paul ihr das abnahm.

Zwei Jahre bevor Ben die Schule verließ, in der er zwar nichts gelernt, aber wenigstens niemand anderem geschadet hatte, kam sein Motorradfreund John zu Harriet und sagte, sie müßten sich nun trennen. Er hatte einen Platz in einer Berufsschule in Manchester zugeteilt bekommen. Er, und drei seiner Kumpels ebenfalls.

Ben stand daneben und hörte zu. Er wußte es schon, denn in »Betty's Caff« war genügend davon geredet worden. Aber Ben hatte es nicht wirklich begriffen. Deshalb kam John extra noch einmal zu Harriet, um es in Bens Gegenwart zu wiederholen, damit er sich mit den Tatsachen abfand.

»Warum nehmt ihr mich nicht mit?« fragte Ben.
»Weil es nicht geht, Kumpel. Aber wenn ich meinen Vater und meine Mutter besuche, komme ich auch bei dir vorbei.«
»Aber warum kann ich denn nicht mitfahren?« beharrte Ben.
»Weil ich auch noch einmal zur Schule muß. Nicht hier. Weit weg. Manchester ist weit, weit weg.«
Ben erstarrte. Er nahm seine drohende Boxerhaltung ein: krummer Rücken, geballte Fäuste. Er knirschte mit den Zähnen, und seine Augen wurden tückisch.
»Ben«, sagte Harriet in ihrem warnenden Ton. »Ben, laß das.«
»Na, na, Hobbit«, begütigte John unsicher, aber freundlich. »Ich kann nichts daran ändern. Irgendwann muß jeder mal aus dem Haus. Bei mir ist es höchste Zeit.«
»Geht Barry auch weg? Rowland auch? Henry auch?«
»Ja, wir alle vier.«
Ben drehte sich plötzlich um und stürzte in den Garten hinaus, wo er auf einen Baumstamm lostrat und gellende Wutschreie ausstieß.
»Besser, er geht auf den Baum los als auf mich«, sagte John.
»Oder auf mich«, sagte Harriet.
»Tut mir wirklich leid«, sagte John. »Aber so ist es nun mal.«
»Ich weiß nicht, was wir ohne Sie angefangen hätten«, sagte Harriet.
Er nickte nur, denn er wußte, daß sie recht hatte. Und so verschwand John für immer aus ihrem Leben. Ben hatte fast jeden Tag mit ihm verbracht, seit sie ihn damals aus der Anstalt befreit hatte.
Er nahm den Verlust sehr schwer. Zuerst glaubte er nicht daran. Wenn Harriet ihn, und manchmal auch Paul, mit dem Auto von der Schule abholen kam, sah sie ihn schon von weitem am Tor stehen und in die Gegend starren, aus der John immer so glorreich mit seinem Motorrad herangeprescht war. Widerstrebend ließ er sich von Harriet in den Wagen packen und rutschte

dann auf dem Rücksitz so weit wie möglich von Paul weg, wenn der keinen Termin beim Psychiater hatte, und seine Blicke suchten die Straße nach Zeichen seiner verlorenen Freunde ab. Mehr als einmal, wenn er verschwunden war, fand Harriet ihn dann in »Betty's Caff«, wo er einsam an einem Tischchen saß und die Tür im Auge behielt, in der seine Kumpels jeden Moment erscheinen konnten. Einmal, als er mit seiner Mutter und Paul noch einkaufen ging, sah er einen jüngeren Mitläufer von Johns Clique vor einem Schaufenster stehen und rannte strahlend, völlig verwandelt und vor Freude jauchzend auf ihn zu. Aber der Junge sagte bloß: »Ach, du bist's, Gremlin. Hallo, Irrer«, und wandte sich gleichgültig ab. Ben stand wie festgenagelt da, ungläubig, mit halboffenem Mund, als hätte er einen Schlag ins Gesicht bekommen. Er brauchte lange, um das zu begreifen. Sobald er mit Harriet und Paul zu Hause war, riß er wieder aus und lief zurück in die Stadt. Sie folgte ihm nicht. Er würde zurückkommen! Er hatte ja sonst niemanden mehr, und sie war immer froh, Paul einmal für sich allein zu haben. Falls Paul da war.

Einmal kam Ben ins Haus gepoltert und tauchte mit einem Hechtsprung unter den großen Familientisch. Kurz danach erschien eine Polizistin und fragte Harriet: »Wo ist der Junge? Gehört er hierher?«

»Er ist unter dem Tisch«, sagte Harriet.

»Unter dem ... Aber warum denn? Ich wollte nur wissen, ob er sich nicht verirrt hat. Wie alt ist er?«

»Älter, als er wirkt«, sagte Harriet. »Komm da vor, Ben, alles in Ordnung.«

Aber er wollte nicht: Er saß geduckt auf allen vieren und beobachtete die blankgeputzten Schuhspitzen der Polizistin, die dicht vor ihm stand. Er erinnerte sich genau, wie man ihn einmal gepackt und in einem schwarzen Wagen abtransportiert hatte: Uniformen, der Geruch des Offiziellen.

»Nun«, sagte die Polizistin, »die Leute haben sicher schon gedacht, ich wollte ihn entführen, so wie ich hinter ihm her war. Aber ich konnte ihn nicht einfach so herumlaufen lassen, er könnte tatsächlich gekidnappt werden.«

»Das Vergnügen macht er uns nicht«, scherzte Harriet, jeder Zoll die nette, verständnisvolle Mama. »Ihr Glück, daß er Sie nicht entführt hat.«

»Ach, so ist das mit ihm?«

Und die Polizistin ging lachend ihrer Wege.

David und Harriet lagen nebeneinander in ihrem großen Ehebett. Die Lichter waren aus, das Haus still. Zwei Türen weiter schlief Ben, hoffentlich. Und vier Türen weiter, am Ende des Flurs, schlief Paul, der es nie versäumte, sich fest einzuriegeln. Es war schon spät, und Harriet wußte, daß David knapp vor dem Einschlafen war. Sie ließen immer einen großen Zwischenraum zwischen sich, aber mittlerweile nicht mehr aus stummem Zorn oder aus Erbitterung. David war viel zu überarbeitet, um sich noch zu ärgern oder aufzuregen. Darüber hinaus hatte er sich dazu durchgerungen, seinen Zorn, der ihn vollends umzubringen drohte, zu vergessen. Harriet wußte immer, was er gerade dachte, und auch David antwortete oft laut auf unausgesprochene Fragen, die ihr im Kopf herumgingen. Manchmal schliefen sie noch miteinander, aber sie spürte – und wußte, ihm ging es ebenso –, daß es nur die bleichen Gespenster ihrer Jugend waren, die sich da umarmten und küßten.

Harriet war es, als hätten die Drangsale ihres Lebens ihr das Fleisch vom Leibe gerissen, nicht das irdische, sondern jene metaphysische Substanz, die man nicht sah und von der man nichts ahnte, bis sie verbraucht war. Und David hatte vor lauter Arbeit den Teil seines Selbst verloren, der seiner Familie gehörte. Seine beruflichen Anstrengungen hatten sich ausgezahlt, er hatte die Firma gewechselt und war nun in einer weit besseren Stellung. Aber alle Ereignisse haben ihre eigene Logik. David war jetzt die

Art Geschäftsmann, die er früher stets abgelehnt hatte. Sein Vater James brauchte die Familie nicht mehr zu unterstützen, er bezahlte nur noch für Luke. Die sympathische Offenheit und Zielstrebigkeit, die den jungen David ausgezeichnet hatten, waren einer fast schon überheblichen Selbstsicherheit gewichen. Hätte die junge Harriet diesen Mann erst jetzt kennengelernt, so hätte sie ihn für hart gehalten. Aber das war er nicht. Die Härte, die sie in ihm fühlte, bedeutete Ausdauer. Er hatte gelernt, die Dinge durchzustehen.

Morgen, Samstag, fuhr David zu einem Cricket-Match zu Luke ins Internat. Harriet besuchte Helen, die in der Schule eine Rolle in einem Theaterstück übernommen hatte. Dorothy hatte versprochen, übers Wochenende »das Haus zu hüten«. Jane kam nicht mit, denn sie wollte die Geburtstagsparty einer Schulfreundin nicht versäumen. Paul begleitete David, um seinen Bruder zu besuchen.

Ben würde also mit seiner Großmutter, die ihn ein Jahr lang nicht gesehen hatte, allein bleiben.

Harriet war nicht überrascht, als David sie fragte: »Meinst du, Dorothy merkt gleich, wie wenig Ben seinem Alter entspricht?«

»Sollten wir sie etwa warnen?«

»Nach fünf Minuten hat sie aber doch sowieso alles kapiert.«

Stille. Harriet wußte, daß David am Einschlafen war. Er raffte sich noch einmal auf, um zu fragen: »Harriet, ist dir klar, daß Ben in einigen Jahren in die Pubertät kommen wird? Daß er ein Geschlechtsleben entwickeln wird?«

»Weiß ich. Aber er ist nicht aus dem gleichen Holz geschnitzt wie wir.«

»Ob seine Vorfahren überhaupt so etwas wie eine Pubertät hatten?«

»Woher sollen – wir das wissen? Vielleicht waren sie nicht so geschlechtsbetont wie wir. Wer hat noch gesagt, wir seien alle *oversexed?* Richtig, es war George Bernard Shaw.«

»Wie dem auch sei, bei dem Gedanken, daß Ben einen Geschlechtstrieb entwickeln wird, graust es mir.«
»Er hat jetzt schon lange niemanden mehr angegriffen.«
Nach dem Wochenende sagte Dorothy zu Harriet: »Ob Ben sich wohl jemals gefragt hat, warum er so verschieden von uns ist?«
»Wie sollen wir das wissen? Ich weiß überhaupt nie, was er denkt.«
»Vielleicht glaubt er, daß es irgendwo noch mehr von seiner Art gibt.«
»Vielleicht.«
»Gebe Gott, daß sich darunter kein weibliches Exemplar findet!«
»Bringt Ben dich etwa auf den Gedanken, daß... daß all die verschiedenen Arten, die jemals auf der Erde gelebt haben, noch irgendwo in uns drin sein müssen?«
»Alle auf dem Sprung, wieder ans Tageslicht zu kommen! Aber möglicherweise bemerken wir es ganz einfach nicht, wenn sie es tatsächlich einmal tun«, sagte Dorothy.
»Weil wir es nicht wollen«, sagte Harriet.
»Ich bestimmt nicht«, sagte Dorothy, »nicht, nachdem ich Ben gesehen habe. Harriet, ist dir und David eigentlich klar, daß Ben kein Kind mehr ist? Wir behandeln ihn noch so, aber...«
Die beiden Jahre, bis Ben in die Hauptschule kam, waren schlimm für ihn. Er war einsam, aber kam ihm überhaupt zu Bewußtsein, daß es so ein Gefühl gab? Auch Harriet war sehr einsam, und sie wußte es...
Wie Paul, wenn er da war, hatte Ben sich mittlerweile angewöhnt, sofort den Fernsehapparat einzuschalten, wenn er von der Schule nach Hause kam. Manchmal harrte er da von vier Uhr nachmittags bis neun oder zehn Uhr abends aus. Es schien ihm ganz egal zu sein, was er sah, und er zeigte keine Vorlieben. Er begriff nicht, daß manche Programme für Kinder und manche für Erwachsene waren.

»Worum geht es in dem Film, Ben? Erzähl mir die Geschichte.«
»Geschichte?« Er sprach das Wort mit unbeholfener Zunge nach und sah seiner Mutter ins Gesicht, um zu erraten, was sie von ihm wollte.
»Wovon handelte der Film, den du gerade gesehen hast?«
»Große Autos«, sagte er dann. »Ein Motorrad. Ein Mädchen hat geheult. Auto jagt den Mann.«
Einmal, um zu sehen, ob Ben nicht von Paul lernen könnte, fragte sie Paul. »Worum ging es in dem Film, den ihr eben gesehen habt?«
»Um einen Bankraub natürlich«, sagte Paul, voller Verachtung für den dummen Ben, der den beiden zuhörte, während seine Augen zwischen seiner Mutter und seinem Bruder hin- und herwanderten. »Ein paar Ganoven haben einen unterirdischen Gang gegraben. Sie waren schon beinahe im Tresorraum, aber dann hat ihnen die Polizei eine Falle gestellt. Ein paar sind ins Gefängnis gekommen, aber die meisten sind entwischt. Zwei von ihnen hat die Polizei erschossen.«
Ben hatte genau zugehört.
»Nun erzähl du mir, worum es in dem Film ging, Ben.«
»Ein Bankraub«, sagte Ben. Und dann wiederholte er, was Paul gesagt hatte, stockend, denn er suchte nach genau den Wörtern, die sein Bruder gebraucht hatte.
»Der plappert mir ja nur alles nach«, sagte Paul verächtlich.
Bens Augen flammten kurz auf und wurden wieder kalt wie Stein, als er sich, wie Harriet vermutete, an ihre Drohung erinnerte. Ich darf ihm nicht an die Gurgel gehen, dachte er wahrscheinlich, sonst bringen sie mich wieder dorthin. Was Paul dachte und fühlte, wußte Harriet ganz genau, aber bei Ben war sie immer auf Vermutungen angewiesen.
Vielleicht konnte Ben trotzdem von Paul lernen, ohne daß einer von beiden es merkte?
Harriet las beiden zusammen Geschichten vor und forderte Paul

anschließend auf, den Inhalt nachzuerzählen. Dann kam Ben an die Reihe und kopierte Paul. Aber nach wenigen Minuten hatte er alles vergessen.
Sie spielte mit Paul verschiedene Geschicklichkeitsspiele oder »Mensch ärgere dich nicht«, und Ben sah zu. Wenn Paul dann bei seiner Psychiaterfamilie war, ermunterte sie Ben zu einem Versuch. Aber er kam nie dahinter, worum es eigentlich ging.
Dennoch, manche Filme sah er sich immer wieder an, ohne ihrer je müde zu werden. Sie hatten ein Videogerät gemietet. Ben liebte vor allem Musicals: *Die Trapp-Familie, West-Side-Story, Oklahoma!, Cats.*
»Gleich singt sie wieder«, antwortete Ben etwa, wenn Harriet sich nach dem Fortgang der Handlung erkundigte.
Oder: »Erst tanzen sie alle rundherum, und dann singt sie.« Oder: »Gleich tun sie ihr weh.« »Sie ist weggelaufen. Nun geben sie eine Party.«
Aber den eigentlichen Inhalt des Films konnte er ihr nicht erzählen.
»Sing mir mal das Lied vor, Ben. Mir und Paul.«
Aber er konnte es nicht. Er liebte die Melodie, doch alles, was er hervorbrachte, war ein mißtöniges Krächzen.
Harriet erwischte Paul dabei, daß er Ben reizte: Er bat ihn scheinheilig darum, ein Lied zu singen, und verhöhnte ihn dann. Harriet sah, wie Wut in Bens Augen aufblitzte, und befahl Paul, so etwas nie wieder zu tun.
»Warum *nicht?*« kreischte Paul. »Warum darf ich überhaupt nichts mehr? Immer nur Ben, Ben, Ben ...« Er fuchtelte mit den Armen in Bens Richtung. Bens Augen glitzerten gefährlich. Er duckte sich zum Sprung auf den Bruder ...
»Ben!« warnte Harriet.
In solchen Momenten, wenn sie sich darum bemühte, ihm normale menschliche Dinge beizubringen, hatte sie oft das Gefühl, ihn damit nur weiter in unbekannte Seelenregionen zu treiben,

wo ihm Erinnerungen kamen, wo er fernen Träumen nachhing. Aber wovon? Von den Zeiten seiner eigenen Art?
Einmal, als sie wußte, daß er im Haus war, ihn aber nicht finden konnte, ging sie von Stockwerk zu Stockwerk und sah in alle Räume. Die erste Etage war noch bewohnt, von ihr und David, Ben und Paul, doch drei der Zimmer standen leer, auch wenn in ihnen frisch bezogene Betten bereitstanden. Die Zimmer im zweiten Stock waren sauber und leer. Der dritte Stock: Wie lang war es her, daß ausgelassenes Kinderlachen und Getobe von hier aus durch die offenen Fenster in den Garten hinausgeschallt waren? Aber Ben war nirgends zu finden. Harriet stieg leise zum Dachboden hinauf. Die Tür stand offen. Von der schrägen Dachluke her fiel ein verschobenes Lichtquadrat auf den Holzboden, und da stand Ben und starrte ins trübe Sonnenlicht empor. Harriet konnte nicht erkennen, was er da suchte, was er dachte... Er hörte sie, und im nächsten Moment sah sie das Wesen, das von dem Leben, das er bei ihnen zu führen gezwungen war, immer unterdrückt wurde: Mit einem Sprung war Ben im Dunkel des Dachvorsprungs verschwunden. Harriet sah nichts mehr als den düsteren Raum. Irgendwo da hockte er und starrte sie an... Sie fühlte, wie sich ihre Haare sträubten und ein Frösteln sie überkam; ihr Instinkt regte sich in ihr, denn vom Verstand her fürchtete sie ihn natürlich nicht. Sie war starr vor Entsetzen.
»Ben«, sagte sie sanft, obwohl ihre Stimme zitterte. »Ben...«, und sie legte in den Namen ihren ganzen menschlichen Anspruch auf ihn, der auf diesem wilden, gefährlichen Dachboden zurückgewandert war in eine weit entfernte Vergangenheit, die noch keine menschlichen Wesen gekannt hatte.
Keine Antwort. Nichts. Ein Schatten wischte kurz über das verstaubte Oberlicht: ein Vogel, auf dem Flug von einer Baumkrone zur anderen.
Harriet ging wieder hinunter, setzte sich einsam und frierend in die Küche und trank heißen Tee.

Kurz bevor Ben auf die örtliche Hauptschule überwechselte, die als einzige Schule für ihn in Frage kam und die ihn nehmen mußte, gab es noch einmal Sommerferien. Freunde und Verwandte hatten einander geschrieben, sich angerufen: »Diese armen Menschen ... Wir müssen sie besuchen, wenigstens für eine Woche ...« Damit war vor allem, wie Harriet wußte, der arme David gemeint, nur selten die arme Harriet ... Sie war normalerweise die unverantwortliche Harriet, die egoistische Harriet, die verrückte Harriet.
Hätte ich Ben ermorden lassen sollen? verteidigte sie sich wütend oft in Gedanken, niemals laut. Angesichts all dessen, wofür die Gesellschaft, der sie wie alle anderen auch angehörte, stand, woran man glaubte, war ihr keine andere Wahl geblieben, als Ben aus jener Anstalt zurückzuholen. Aber indem sie ihn vor dem sicheren Tod bewahrte, hatte sie ihre Familie zerstört. Hatte ihrem eigenen Leben schweren Schaden zugefügt ... David, Luke, Helen, Jane ... Paul. Paul hatte es am schlimmsten getroffen.
Ihre Gedanken kreisten dauernd in dieser eingefahrenen Spur.
David sagte immer noch, sie hätte einfach nicht dort hinfahren sollen. Aber wie hätte sie es schaffen sollen, *nicht zu* fahren, sie, Harriet? Und wenn sie es nicht getan hätte, dann, so glaubte sie, hätte David es getan.
Ein Sündenbock. Sie war der Sündenbock. Harriet, die Vernichterin der Familie.
Aber eine andere Schicht ihrer Gedanken und Gefühle reichte noch tiefer. »Es ist ganz einfach eine Strafe«, sagte sie zu David.
»Wofür?« fragte er, sofort abwehrbereit, weil da dieser Ton in ihrer Stimme war, den er haßte.
»Für unsere Anmaßung. Wir haben geglaubt, glücklich zu werden, nur weil *wir* es so wollten.«
»Unsinn«, sagte er. Diese Harriet machte ihn ärgerlich. »Es war der pure Zufall. Jeder hätte Ben bekommen können. Es war ein Zufalls-Gen, das ist alles.«
»Das glaube ich nicht«, erwiderte sie störrisch. »Wir wollten zu

glücklich sein! Keiner ist es, jedenfalls kennen wir keinen, aber wir wollten es unbedingt. Und da hat es uns wie ein Donnerschlag getroffen.«

»Hör endlich auf, Harriet. Weißt du nicht, wohin das alles führt? Zu Pogromen und Foltern, zu Hexenverbrennungen und dem angeblichen Zorn der Götter!« Er wurde immer lauter.

»Und Sündenböcken«, sagte Harriet. »Vergiß die Sündenböcke nicht.«

»Rachsüchtige Götter, vor Jahrtausenden erfunden«, fuhr David hitzig fort. Sie sah, daß er tief aufgewühlt war. »Der ewig strafende, zürnende Gott, der keinen Ungehorsam duldet...«

»Aber wer waren *wir* denn, daß wir beschließen konnten, so oder so zu sein?«

»Wer? *Wir!* Harriet und David. Wir haben gemeinsam die Verantwortung für das übernommen, was wir taten und woran wir glaubten. Und dann haben wir Pech gehabt. Weiter nichts. Ebensogut hätte alles genauso kommen können, wie wir es geplant hatten. Acht Kinder in einem großen Haus, und jeder so glücklich wie, na ja, wie irgend möglich.«

»Und wer hat dafür bezahlt? James. Und Dorothy, wenn auch auf eine andere Weise. Ich stelle nur Tatsachen fest, David, ich werfe *dir* nichts vor.«

Aber das war schon lange kein Punkt mehr, an dem David verletzlich war. Er erwiderte nur: »James und Jessica haben soviel Geld, daß sie auch das Dreifache hätten verschmerzen können. Außerdem haben sie es gern getan. Und was Dorothy betrifft: Wenn sie sich beklagt, immer ausgenutzt zu werden, muß man dagegenhalten, daß sie sofort Amys Kindermädchen geworden ist, nachdem sie uns satt hatte.«

»Wir wollten immer besser sein als alle anderen. Und wir dachten, wir wären es.«

»Nein, das drehst du jetzt nur so herum. Wir wollten nichts weiter als wir selbst sein.«

»Nichts weiter«, sagte Harriet leichthin, voller Bosheit. »Nichts weiter.«

»Ja. Laß das, Harriet, hör auf. Aber wenn du es nicht schaffst und wenn du dauernd darauf herumhacken mußt, laß mich dabei aus dem Spiel. Ich lasse mich von dir nicht zurück ins Mittelalter schleppen.«

»Sind wir nicht schon längst wieder dort angelangt?«

Molly und Frederick kamen und brachten Helen mit. Beide hatten Harriet nie verziehen und würden es auch nie mehr tun, aber sie mußten auf ihre Enkelin Rücksicht nehmen. Helen war eine gute Schülerin, ein hübsches, selbständiges Mädchen von sechzehn Jahren. Aber kühl und zurückhaltend.

James brachte Luke mit, der mittlerweile achtzehn war, ein hübscher, zuverlässiger, ruhiger und standfester junger Mann. Er wollte Schiffbauer werden, wie sein Großvater. Er war ein guter Beobachter, wie sein Vater.

Dorothy kam mit der vierzehnjährigen Jane. »Keine Intelligenzbestie, aber um so besser für sie!« wie Dorothy betonte. »Ich würde auch keine von diesen Prüfungen bestehen.« Das »... und seht, was aus mir geworden ist« blieb unausgesprochen. Dorothy bot immer noch allem und jedem die Stirn, einfach durch ihre Anwesenheit. Aber sie war schwächer geworden.

Sie war ziemlich abgemagert und saß meist untätig herum. Paul, der Elfjährige, benahm sich hysterisch, theatralisch und buhlte stets um Aufmerksamkeit. Er sprach viel von seiner neuen Schule, einer Tagesschule, die ihm verhaßt war, und wollte wissen, warum er nicht in ein Internat durfte wie die anderen. David kam seinem Vater mit einem stolzen Blick zuvor und sagte, er werde für alles zahlen.

»Es wird wohl langsam Zeit, daß ihr dieses Haus verkauft«, sagte Molly mit einem Unterton, der für ihre selbstsüchtige Schwiegertochter bestimmt war und bedeutete: Dann kann mein Sohn endlich aufhören, sich deinetwegen totzuarbeiten.

David war hellhörig genug, um Harriet rasch zu Hilfe zu kommen. »Noch nicht. Harriet und ich sind darüber einer Meinung.«
»Was soll sich denn eurer Meinung nach noch ändern?« fragte Molly kalt. »Ben bestimmt nicht.«
Aber als sie allein waren, sprach David anders mit Harriet. Er hätte das Haus sehr gern verkauft.
»Schon der Gedanke, mit Ben in einem kleinen Haus zusammenzuhocken«, wandte Harriet ein.
»Davon ist keine Rede. Aber muß ein Haus immer gleich Hotelformat haben?«
David wußte, daß Harriet, auch wenn es noch so töricht war, immer noch davon träumte, daß es wieder einmal so sein würde wie in den alten Zeiten.
Dann waren die Ferien vorüber. Im ganzen gesehen ein Erfolg, jeder hatte sich redliche Mühe gegeben. Außer ihrer Schwiegermutter Molly, wie Harriet fand. Aber vieles hatte sie und David im stillen betrübt. Sie hatten dagesessen und sich anhören müssen, wie von Leuten erzählt wurde, die sie nie persönlich kennengelernt hatten. Luke und Helen hatten die Familien von Schulfreunden besucht. Und diese Menschen würden sie niemals zu sich einladen können.
Im September kam Ben in die Hauptschule. Er war elf Jahre alt. Es war das Jahr 1986.
Harriet bereitete sich innerlich auf den unausweichlichen Telefonanruf vor, der spätestens nach ein paar Wochen, wie sie annahm, vom Direktor der Schule kommen mußte. Die neue Schule hatte doch bestimmt einen vertraulichen Bericht über Ben erhalten, und zwar von der Leiterin der Grundschule, die damals so tapfer verneint hatte, daß sie irgend etwas Auffälliges an Ben fände. »Ben Lovatt ist kein besonders begabtes Kind, aber ...« Aber was? »Er gibt sich Mühe.« Würde man es dabei belassen? Er hatte doch schon lange aufgehört, sich um ein wirkliches Verständnis des Lehrstoffs zu bemühen, er konnte kaum lesen oder

mehr als seinen Namen schreiben. Er begnügte sich damit, andere nachzuahmen, soweit ihm das möglich war.
Es kam kein Anruf und auch kein Brief. Ben, den Harriet jeden Tag auf blaue Flecken oder andere Kampfspuren überprüfte, schien sich der rauhen, ja oft fast brutalen Welt der Hauptschule ohne Schwierigkeiten anzupassen.
»Magst du diese Schule, Ben?«
»Ja.«
»Mehr als die vorige?«
»Ja.«
Bekanntlich haben alle diese Schulen einen Bodensatz von Unerziehbaren, nicht Assimilierbaren, Hoffnungslosen, die von einer Klasse in die andere mitgeschleppt werden und nur auf den glücklichen Moment der Entlassung warten. Meist sind es, zur heimlichen Erleichterung ihrer Lehrer, notorische Schulschwänzer. Ben gehörte natürlich vom ersten Tage an zu ihnen.
Schon wenige Wochen nach Schulbeginn brachte er einen großen, schlaksigen, dunkelhaarigen Jungen mit nach Hause, der so zwanglos und nett auftrat, daß Harriet dachte: John! Und dann: Zumindest muß es Johns jüngerer Bruder sein. Nein. Ben hatte sich nur sofort zu dem Jungen hingezogen gefühlt, weil er ihn an die glücklichen Zeiten mit John erinnerte. Aber der hier hieß Derek und war schon fünfzehn und würde bald die Schule verlassen. Warum gab er sich mit Ben ab, der obendrein noch ein paar Jahre jünger war als er selbst? Harriet beobachtete die beiden, wie sie sich etwas zu essen aus dem Kühlschrank holten, sich Tee machten, vor dem Fernsehgerät saßen und mehr redeten als hinsahen. Eigentlich wirkte Ben älter als Derek. Harriets Anwesenheit wurde von beiden ignoriert. Wie damals, als Ben das Maskottchen von Johns Bande gewesen war und er nur Augen für John gehabt hatte, hängte er sich nun an Derek. Und dann auch an Billy, Elvis und Vic, die nach der Schule unaufgefordert ins Haus kamen, sich aus dem Kühl-

schrank versorgten und im großen Gemeinschaftsraum herumsaßen.

Was fanden diese großen Jungen, die fast mit der Schule fertig waren, an Ben?

Sie sah sie fast täglich, manchmal von der Treppe aus, wenn sie nach unten kam: eine Gruppe von hoch aufgeschossenen, dünnen oder auch dicklichen Jugendlichen, blonde, braune, rothaarige, und mitten unter ihnen der kräftige, untersetzte, breitschultrige Ben mit seinem störrischen fahlgelben Haar, das so seltsam in die Stirn und den Nacken wuchs, und mit seinen wachsamen, fremdartigen Augen. Und sie dachte: In Wirklichkeit ist er nicht jünger als die anderen! Er ist kürzer und breiter, ja. Aber es sieht fast aus, als beherrschte er sie. Wenn sie alle um den großen Familientisch saßen und in ihrem lauten, groben, anzüglichen und bewußt albrigen Jargon miteinander redeten, sahen sie stets auf Ben. Dabei sprach er immer noch sehr wenig, und wenn, so war es selten mehr als »Ja« oder »Nein«, »Gib her«, »Nimm das«, »Hol mal jenes«, was das nun auch sein mochte, ein Brot oder eine Flasche Cola. Doch beobachtete er sie alle genau, unablässig. Er war der Boß dieser Clique, ob es ihnen nun bewußt war oder nicht.

Sie waren ein Haufen unselbständiger, unsicherer, pickliger junger Burschen. Ben war ein junger Erwachsener. Harriet mußte sich zu dieser Erkenntnis durchringen, obwohl sie eine Zeitlang geglaubt hatte, daß diese armen Kinder, die zueinandergefunden hatten, weil sie als dumm, faul und ungeschickt galten, als unfähig, mit ihren Altersgenossen Schritt zu halten, daß sie sich an Ben hielten, weil er noch schwerfälliger und unartikulierter war als sie. Aber nein! Sie entdeckte, daß »Ben Lovatts Gang« die meistbewunderte und – beneidete in der Schule war und daß sich eine Menge Jungen, nicht nur die Schulschwänzer und Versager, danach rissen, ihr anzugehören.

Wenn Harriet Ben inmitten seiner Gefolgschaft sah, versuchte sie sich ihn mit einer Horde seiner eigenen Spezies vorzustellen, wie sie alle am Eingang einer Höhle um ein loderndes Feuer herumhockten. Oder in einer Pfahlbausiedlung im Urwald? Nein, Bens Leute waren tief unter der Erde daheim, da war sie sich sicher, in schwarzen Schächten, Gängen und fackelerhellten Grotten; das paßte zu ihnen. Wahrscheinlich waren Bens sonderbare Augen für ganz andere Lichtverhältnisse geschaffen worden.

Sie saß oft völlig allein in der Küche, wenn Ben und die Seinen sich jenseits der niedrigen Trennwand vor der Glotze räkelten. Das taten sie stundenlang, vom Nachmittag bis tief in den Abend hinein. Sie machten sich Tee, plünderten den Kühlschrank oder holten von irgendwoher Hamburger, Chips und Pizzas. Die Programme schienen ihnen ganz einerlei zu sein. Sie sahen sich Nachmittagsserien an und stellten auch das Kinderprogramm nicht ab. Aber am meisten genossen sie die harten Sachen am Abend: Schießereien und Gewalt, Mord und Totschlag, das war ihre Aufbaunahrung. Harriet sah, wie sie zusahen: als seien sie gar keine Zuschauer mehr, sondern nähmen tatsächlich an den Geschehnissen auf dem Bildschirm teil. Bei Schlägereien machten sie unbewußt jede Bewegung mit, fletschten grausam oder triumphierend die Zähne, stöhnten oder stießen anfeuernde Schreie aus: »Los, gib's ihm!« »Reiß ihm den Arsch auf!« »Mach ihn fertig, zerleg ihn!« Und das wollüstige Stöhnen schwoll an, je mehr Kugeln einen Körper durchsiebten, Blut spritzte und das Folteropfer sich schreiend aufbäumte.

In diesen Tagen waren die Lokalblätter voll von Meldungen über Raubüberfälle, Diebstähle und Einbrüche. Manchmal tauchte Bens Gang einen ganzen Tag lang nicht bei den Lovatts auf, zwei Tage, drei Tage.

»Ben, wo bist du gewesen?«

Er antwortete gleichgültig: »Bei meinen Freunden.«

»Ja, aber wo?«

»Überall in der Gegend rum.«

Also im Park, im Café, im Kino oder, wenn sie die Möglichkeit

hatten, sich ein paar Motorräder zu leihen (oder zu stehlen?), vielleicht bis zu einer der Städte an der Küste.
Harriet überlegte, ob sie den Schuldirektor anrufen sollte, aber dann dachte sie: Was soll's? Ich an seiner Stelle wäre auch nur zu froh, wenn sie sich nicht sehen ließen.
Die Polizei? Ben in den Händen der Polizei?
Die Bande hatte immer beunruhigend viel Geld. Mehr als einmal, wenn der Inhalt des Kühlschranks sie enttäuschte, schafften sie wahre Festmähler heran und aßen den ganzen Abend lang. Derek (niemals Ben!) bot ihr manchmal etwas davon an.
»Wie wär's mit 'nem kleinen Happen, Schätzchen?« Und sie nahm etwas, blieb aber für sich sitzen, weil sie wußte, daß man sie nicht zu nah dabeihaben wollte.
In den Zeitungsnachrichten war jetzt auch von Vergewaltigungen die Rede...
Harriet prüfte heimlich eines der Gesichter nach dem anderen und versuchte sie mit dem in Verbindung zu bringen, was sie gelesen hatte. Ganz gewöhnliche junge Männer; eigentlich schienen sie doch alle schon älter als fünfzehn oder sechzehn. Derek hatte etwas Albernes an sich, bei besonders blutrünstigen Szenen auf dem Bildschirm lachte er oft schrill und haltlos. Elvis war ein schlanker, geschmeidiger blonder Kerl, sehr höflich, aber ein übler Kunde, wie Harriet im stillen fand. Seine Augen waren so kalt wie Bens. Billy war ein dummer Kraftprotz, der sich in ständigen Drohungen erging. Wenn es im Fernsehen eine Keilerei gab, sprang er auf die Füße und beinahe in den Bildschirm hinein, und erst wenn die anderen in Hohngelächter ausbrachen, kam er wieder zu sich. Harriet hatte Angst vor diesem Billy. Vor allen. Andererseits, sagte sie sich, waren sie alle nicht intelligent genug. Oder doch? Vielleicht Elvis? Wenn sie wirklich Diebstähle (oder Schlimmeres) verübten: Wer plante das alles, und wer hatte sie bis jetzt davor bewahrt, erwischt zu werden?
Ben? »Er ist sich seiner Kräfte gar nicht bewußt.«

Diese Formel hatte über all seine Schuljahre für ihn gegolten. Wie hätten seine bekannten Wutanfälle sonst so glimpflich ablaufen können? Harriet hielt immer verstohlen nach blauen Flecken, Beulen oder Schnittwunden Ausschau. Jeder hatte mal welche, aber nie besonders schlimme.

Eines Morgens, als sie hinunterkam, fand sie Ben mit Derek beim Frühstück. Für diesmal sagte sie nichts, aber sie wußte, daß sie sich auf mehr gefaßt machen mußte. Und richtig, bald waren es schon sechs: Sie hatte sie gehört, wie sie sich sehr spät nach oben geschlichen und sich jeder ein Bett gesucht hatten.

Sie ging zum Tisch, nahm ihren ganzen Mut zusammen, fest entschlossen, ihre Autorität zu behaupten, und sagte: »Ihr könnt hier nicht übernachten, wann immer es euch gefällt.« Sie aßen stumm weiter.

»Das ist mein Ernst!« betonte sie scharf.

Derek sagte mit absichtlich unverschämtem Lachen: »Oh, bitte *tausend*mal um Entschuldigung. Wir dachten, es würde Sie nicht stören.«

»Aber es stört mich«, sagte sie.

»Das Haus ist groß genug«, sagte Billy, der ungeschlachte Kraftprotz, den sie am meisten fürchtete. Er sah Harriet nicht an, sondern schob sich, hörbar schmatzend, einen großen Bissen in den Mund.

»Es ist nicht euer Haus«, sagte Harriet.

»Eines Tages nehmen wir es Ihnen sowieso weg«, sagte Elvis laut lachend.

»Oh, vielleicht werdet ihr das, ja.«

Jetzt gruben alle in ihrer Erinnerung, um ähnlich »revolutionäre« Bemerkungen zu machen. »Wenn erst die Revolution da ist, werden wir...« »Wir werden all diese reichen Scheißkerle abmurksen und dann...« »Für die Reichen gibt's andere Gesetze als für die Armen, das weiß doch jeder.« Sie schwatzten diese Dinge im Plauderton daher, mit der satten Selbstgefälligkeit von

Menschen, die andere kopieren und im Strom gerade populärer, allgemein verbreiteter Stimmungen und Meinungen mitschwimmen.

David kam in diesen Tagen immer später von der Arbeit, und manchmal kam er überhaupt nicht. Er übernachtete dann bei einem seiner Londoner Kollegen. Daher war es für ihn noch überraschend, als er einmal früher als sonst kam und »Ben Lovatts Gang«, neun oder zehn Jugendliche, vor dem Fernseher antraf, umgeben von Bierdosen, Pappdeckeln mit Speiseresten aus einem chinesischen Restaurant und zusammengeknüllten Tüten, die achtlos über den Boden verstreut waren.

Er sagte: »Räumt diese Schweinerei weg.«

Sie kamen widerwillig auf die Füße und räumten auf. Er war ein Mann: der Herr des Hauses. Ben half mit.

»So, das langt«, sagte David. »Und nun verzieht euch, alle miteinander.«

Sie verzogen sich, und Ben mit ihnen. Weder Harriet noch David sagten ein Wort, um ihn zurückzuhalten.

Sie waren schon einige Zeit nicht mehr allein gewesen. Wochenlang, dachte Harriet. David wollte ihr etwas sagen, zögerte aber. Fürchtete er sich vor dem eigenen gefährlichen Zorn, in den er geraten konnte? »Siehst du nicht, worauf das alles hintreibt?« fragte er, nachdem er sich irgendeinen Rest aus dem Kühlschrank geholt und zu Harriet gesetzt hatte.

»Du meinst, weil diese jungen Leute immer öfter herkommen?«

»Genau das meine ich. Siehst du nicht ein, daß wir das Haus endlich verkaufen sollten?«

»Ich weiß, das sollten wir«, sagte Harriet leise, aber er mißverstand ihren Ton.

»Herrgott, Harriet, worauf wartest du noch? Es ist der helle Wahnsinn!«

»Mein einziger Einwand ist, daß die Kinder eines Tages froh sein könnten, daß wir das Haus behalten haben.«

»Wir haben keine Kinder mehr, Harriet. Das heißt, ich habe keine. Und *du* hast nur noch eins.«
Harriet dachte, daß er nicht so sprechen würde, wenn er öfter zu Hause wäre. Laut sagte sie: »Du übersiehst einen Umstand, David.«
»Und der wäre?«
»Ben wird bald aus dem Haus sein. Sie werden alle verschwinden, und Ben mit ihnen.«
Er dachte darüber nach, und er dachte über sie nach, während sich seine Kiefer langsam hin und her bewegten. Er sah sehr müde aus und bedeutend älter, als er tatsächlich war. Man konnte ihn eher für sechzig als für fünfzig halten. Sein Haar war grau, seine Haltung ziemlich gebeugt, Schatten lagen auf seinem Gesicht, und sein Blick war der eines Mannes, der immer auf das Schlimmste gefaßt ist. Diesen Blick richtete er nun auf seine Frau.
»Wieso? Sie können herkommen, wann immer sie wollen, tun, was sie wollen, sich mit Essen versorgen.«
»Es ist nicht aufregend genug für sie, deshalb. Ich glaube, eines Tages hauen sie einfach alle nach London ab, oder in eine andere Großstadt.«
»Und Ben wird mit ihnen gehen?«
»Ben wird mit ihnen gehen.«
»Und du wirst nicht hinterherfahren und ihn zurückholen?«
Sie antwortete nicht. Dieser Seitenhieb war unfair, und das mußte er wissen. Nach einer kurzen Pause sagte er: »Entschuldige. Ich bin so müde, daß ich nicht mehr weiß, was ich sage und tue.«
»Wenn Ben aus dem Haus ist, könnten wir vielleicht einmal zusammen Ferien machen.«
»Ja, vielleicht.« Das klang, als könnte er sogar daran glauben, darauf hoffen.
Später lagen sie nebeneinander, ohne sich zu berühren, und besprachen die praktischen Vorkehrungen für einen Besuch bei

Jane, in ihrem Internat. Und dann war da noch der Elternsprechtag in Pauls neuer Schule.
Sie waren allein in dem großen Zimmer, in dem alle Kinder bis auf Ben geboren worden waren. Über ihnen die Leere der oberen Stockwerke und des Dachbodens. Unter ihnen die Leere des großen Gemeinschaftsraums. Sie hatten die Haustür abgeschlossen. Falls Ben in dieser Nacht noch nach Hause zu kommen gedachte, mußte er klingeln.
Sie sagte: »Wenn Ben weg ist, könnten wir diesen Kasten verkaufen und uns dafür irgendwo anders etwas Vernünftiges anschaffen. Vielleicht kommen die Kinder dann wieder gern zu uns. Wenn er nicht mehr da ist.«
Keine Antwort: David war eingeschlafen.
Bald danach war Ben mit den anderen wieder ein paar Tage mit unbekanntem Ziel unterwegs. Harriet sah sie im Fernsehen. Im Norden Londons hatte es einen Tumult gegeben. Schon vorher war »Randale« angesagt worden. »Bens Gang« war zwar nicht unter denen, die mit Steinen warfen und mit Eisenstangen dreinschlugen, aber die Gruppe stand an einer Straßenecke, grinsend, johlend und die anderen aufhetzend.
Am nächsten Tag waren sie plötzlich wieder da, räkelten sich aber nicht wie sonst vor dem Fernseher, sondern waren irgendwie ruhelos und verschwanden schon bald wieder. Am folgenden Morgen wurde bekannt, daß in einem kleinen Laden mit einer Postannahmestelle eingebrochen worden war. Vierhundert Pfund waren entwendet worden. Den Ladeninhaber fand man gefesselt und geknebelt vor. Die Postangestellte war zusammengeschlagen und bewußtlos zurückgelassen worden.
Gegen sieben Uhr abends kam die ganze Bande ins Haus, aufgeregt und stolz wie nach einer Heldentat. Als sie Harriet sahen, wechselten sie Blicke und genossen das Geheimnis, das sie vor ihr hatten. Prahlerisch beiläufig zogen sie Banknotenbündel hervor, blätterten sie durch und steckten sie wieder ein.

Schon allein dieses übertriebene Getue und ihre hektischen Gesichter erregten Harriets Verdacht. Da brauchte man kein Polizist zu sein.
Nur Ben war nicht so aufgedreht wie die anderen. Er war wie immer. Man hätte meinen können, daß er bei der Sache nicht mitgemacht hatte; was immer es auch gewesen war. Aber bei den Krawallen in London, da war er dabeigewesen, sie hatte ihn gesehen!
Sie versuchte einen Vorstoß. »Ich habe euch neulich im Fernsehen gesehen. Bei den Whitestone Estates.«
»Klar, wir waren dabei!« warf Billy sich in die Brust.
»Und wie!« sagte Derek und streckte die Daumen in die Höhe, während Elvis sie nur hart und wissend ansah. Ein paar andere, die nicht regelmäßig kamen, freuten sich mit.
Einige Tage später bemerkte Harriet: »Ich glaube, ihr solltet euch allmählich darauf einrichten, daß dieses Haus verkauft wird. Nicht gleich, aber bald.«
Ihre Ankündigung war hauptsächlich für Ben bestimmt, aber obwohl er ihr die Augen zuwandte und, wie sie vermutete, begriff, was sie damit sagen wollte, verzog er keine Miene.
»Ach ja, verkaufen Sie?« sagte Derek, wohl mehr aus Höflichkeit als sonst etwas.
Sie wartete tagelang, daß Ben darauf zurückkommen würde, aber er tat es nicht. Identifizierte er sich schon derart mit seiner Bande, daß er dieses Haus nicht mehr als sein Heim ansah?
Als sie ihn einmal außer Hörweite der anderen erwischte, sagte sie: »Ben, für den Fall, daß du mich einmal brauchst und ich nicht mehr hier bin, gebe ich dir eine Adresse, unter der du mich jederzeit erreichen kannst.« Noch während sie das aussprach, spürte sie, wie ein unsichtbarer David sie ironisch und mißbilligend betrachtete. »Schon gut«, sagte sie stumm zu ihm, »aber ich weiß, daß du dasselbe tun würdest, wenn ich es nicht übernähme... So sind wir nun einmal, und wir können unsere Natur nicht ändern, weder zum Besseren noch zum Schlechteren.«

Ben nahm den Zettel, auf dem stand: Harriet Lovatt, c/o Molly und Frederick Burke, und darunter die Adresse in Oxford. Das zu schreiben, hatte ihr ein gewisses boshaftes Vergnügen bereitet. Aber später fand sie den Zettel auf dem Boden seines Zimmers, vergessen oder achtlos fallen gelassen, und sie versuchte es nicht noch einmal.

Es wurde Frühling, dann Sommer, und die jungen Leute kamen seltener ins Haus, immer öfter tagelang nicht. Derek hatte sich ein eigenes Motorrad gekauft. Wann immer Harriet nun etwas von Einbrüchen, Überfällen und Vergewaltigungen erfuhr, schrieb sie ihnen die Täterschaft zu, obwohl sie es für ungerecht hielt. Ihnen konnte schließlich nicht alles zur Last gelegt werden! Währenddessen sehnte sie sich danach, sie für immer loszuwerden und den Auftrieb für ein neues Leben zu gewinnen. Sie wollte dieses Unglückshaus hinter sich lassen, und damit alle Gedanken, die es heraufbeschwor.

Aber sie kamen immer noch, in unregelmäßigen Abständen. Als seien sie nie weggewesen, ohne ein Wort darüber zu verlieren, wo sie sich so lange herumgetrieben hatten, kamen sie herein und setzten sich lässig um den Fernseher, vier oder fünf Mann hoch, manchmal sogar zehn oder mehr. Den Kühlschrank ließen sie jetzt in Ruhe, es war ohnehin nicht viel drin. Dafür brachten sie Unmengen von Eßbarem, zum Teil aus aller Herren Länder, mit: Pizzas, Quiches, chinesische und indische Gerichte, Pita-Brot, gefüllt mit Salat, Tacos, Tortillas, Chili con carne, Pasteten, Kuchen und Sandwiches. Waren das nicht alles ganz gewöhnliche, engstirnige Engländer? Die nur aßen, was schon ihre Eltern gekannt hatten? Ihnen schien es völlig gleich zu sein, was sie da in sich hineinstopften, Hauptsache, es war viel, und sie konnten die Reste, Papier und Schachteln überall um sich herum verstreuen, ohne hinterher aufräumen oder irgend etwas saubermachen zu müssen. Harriet räumte und putzte hinter ihnen her und dachte: Nicht mehr für lange.

Sie saß allein am riesigen Küchentisch, während sich die Bande auf der anderen Seite der niedrigen Trennwand vor dem Fernseher herumlümmelte. Der Lärm aus dem Fernseher mischte sich mit ihren lauten, gemeinen, bösen Stimmen, den Stimmen eines primitiven, fremden, unverständlichen, feindlichen Stammes.

Die weite Fläche des Tisches tröstete sie. Als sie ihn gekauft hatten, war er nur ein ausrangierter Metzgerstisch gewesen, mit rauher, vielfach zerhackter Platte, aber sie hatten die Kerben weggehobelt, bis die saubere, cremefarbene Kernschicht des Holzes mit der schönen Maserung zum Vorschein kam. Sie und David hatten ihn zusammen eingewachst. Seit damals hatten Tausende von Händen, Fingern, Ärmeln und bloßen Unterarmen, Wangen von Kindern, die im Schoß der Erwachsenen schlafend vornübergesunken waren, rundliche Füßchen der Kleinsten, die, von helfenden Armen gestützt, unter allgemeinem Applaus dort oben ihre ersten Schritte wagten, all das hatte die weite Platte, die aus einem einzigen Stück bestand und vor langer Zeit aus einer alten Rieseneiche geschnitten worden war, zwanzig Jahre lang weiter geglättet und poliert und ihr einen seidigen Schimmer verliehen, so glatt, daß die Finger darauf Schlittschuh fahren konnten. Von der Oberfläche tauchten Knoten und Wirbel ins Holz hinein, deren Muster Harriet bis ins letzte vertraut waren. Diese Haut hatte auch ihre Narben. Hier war ein brauner Halbkreis, wo Dorothy einmal eine zu heiße Pfanne abgesetzt und, wütend auf sich selbst, gleich wieder hochgerissen hatte. Und dort war noch ein geschwungenes dunkles Mal, aber Harriet wußte nicht mehr, wie es entstanden war. Wenn man die Platte aus einem bestimmten Blickwinkel betrachtete, zeigte sie winzige Dellen, wo die dreifüßigen Untersetzer gestanden hatten, um die schöne Oberfläche vor den heißen Töpfen und Schüsseln zu schützen.

Als Harriet sich vornüberbeugte, sah sie sich selbst in der schimmernden Fläche, matt nur, aber es genügte ihr, um sich schleunigst

zurückzulehnen. Sie sah aus wie David: alt. Kein Mensch würde glauben, daß sie erst fünfundvierzig war. Doch lag es nicht am natürlichen Ergrauen der Haare, dem Erschlaffen der Haut: Ihr war bereits zuviel von jener unsichtbaren Substanz entzogen worden, jener lebenserhaltenden Kraft, die jedermann als selbstverständlich hinnimmt und die einer schützenden Fettschicht gleicht, aber ohne Materie ist.
Zurückgelehnt, so daß sie ihr verschwommenes Spiegelbild nicht mehr sehen mußte, dachte sie daran, wie dieser Tisch einst für Feste und Spiele hergerichtet worden war – für ein richtiges Familienleben. Sie rief sich die Bilder vor Augen, wie es vor zwanzig, fünfzehn, zwölf, zehn Jahren hier ausgesehen hatte, die einzelnen Akte des Lovatt-Dramas, erst nur David und sie selbst, tapfer und ahnungslos, mit seinen Eltern, mit Dorothy und ihren Schwestern ... und dann wurden die Babys geboren und wuchsen zu Kindern heran ... und wieder Babys ... zwanzig Leute, auch dreißig, hatten sich um diese schimmernde Tischplatte gedrängt und darin gespiegelt, manchmal hatten sie noch weitere Tische herangerückt und das Ganze mit Planken und Böcken vergrößert ... Harriet sah den Tisch in die Länge und Breite wachsen, und immer mehr Gesichter um ihn herum, unentwegt lächelnde Gesichter, denn dieser Traum konnte keine Kritik oder Uneinigkeit vertragen. Und die Babys ... die Kinder ... sie hörte ihr Lachen, ihre hellen Stimmen: Und dann schien sich der Glanz des Tisches zu verdunkeln, und da war Ben, der Fremdling, der Zerstörer. Harriet sah sich vorsichtig um, voller Furcht, mit ihren Gedanken in ihm Kräfte freizusetzen, die er ihrer Meinung nach besaß. Er hockte abseits von den übrigen da drüben in seinem Sessel, er saß immer abseits. Und seine Augen wanderten, wie immer, beobachtend über die Gesichter der anderen. Kalte Augen? Sie hatte sie immer als kalt empfunden, aber was sahen sie? War er gedankenvoll? Man konnte sich vorstellen, daß er dachte, über alles, was er sah, Daten sammelte und ordnete, aber nach ihm eigenen inneren

Mustern, die weder sie noch sonst jemand erraten konnte. Im Vergleich mit den rohen, unfertigen Angebern da drüben war er ein reifes Wesen. Fertig ausgewachsen. Komplett. Harriet glaubte durch ihn hindurch, hinter ihm, eine Rasse zu sehen, die ihren Höhepunkt viele Jahrtausende vor dem Auftauchen der jetzigen Menschheit erreicht hatte, was immer dieser Begriff »Mensch« auch bedeuten mochte. Hatten Bens Urahnen in unterirdischen Höhlen die Eiszeit überlebt, sich von Fischen und anderem Getier aus dunklen Unterweltflüssen ernährt, sich vielleicht auch in den bitterkalten Schnee hinaufgewagt, um einen Bären oder einen Vogel zu erlegen oder sogar einen ihrer (Harriets) frühesten Vorfahren? Hatten Bens Leute vielleicht schon die Urahninnen der Menschheit vergewaltigt? Waren so neue Rassen entstanden, die sich mehrten und wieder verschwanden, aber eine genetische Saat im menschlichen Erbgut hinterließen, die hier und da wieder auftauchte, wie es bei Ben passiert war? (Und womöglich kämpften Bens Gene schon in einem neuen Fötus ums Geborenwerden?)

Spürte er, daß sie ihn ansah, wie es ein Mensch spüren würde? Er sah sich manchmal nach ihr um, wenn sie ihn beobachtete, nicht oft, aber es kam vor, daß ihre Augen sich trafen. Sie legte dann all jene Spekulationen in ihren Blick, ihre bohrenden Fragen, ihr leidenschaftliches Bedürfnis, mehr von ihm zu wissen, den sie schließlich acht Monate lang in ihrem Leib getragen und geboren hatte, obwohl er sie dabei fast umgebracht hatte. Aber er hatte kein Gespür für ihre Fragen. Nach wenigen Sekunden sah er gleichmütig wieder weg und heftete seine Augen auf die Gesichter seiner Kumpane, seiner Gefolgschaft.

Und was sah er da?

Dachte er noch je daran, wie sie, seine Mutter – aber was galt ihm das? –, ihn in jener Anstalt aufgesucht und wieder nach Hause gebracht hatte? Ihn, die jammervolle, halbtote Kreatur in der Zwangsjacke? Wußte er, daß sich das Haus nur wegen dieser

Rettungstat so rasch geleert hatte, daß jeder seiner Wege gegangen und seine Mutter nur seinetwegen so vereinsamt war?
Ihre Gedanken liefen quälend im Kreis. Hätte ich ihn sterben lassen, so wären wir alle, so viele Menschen, glücklich geworden, aber ich habe es einfach nicht fertiggebracht, und deshalb...
Und was würde nun aus Ben werden? Längst kannte er die halbfertigen oder abbruchreifen Gebäude, die Keller, Höhlen und Verstecke der Großstädte, wo die Nichtseßhaften unterschlüpften, die keinen Platz im normalen bürgerlichen Leben fanden. Er mußte sie kennen, denn wo sonst hätte er sich in den Tagen und Wochen aufhalten sollen, in denen er sich zu Hause nicht blicken ließ? Wenn er sich noch öfter unter die Massen mischte, sich mit diesen Elementen einließ, die ihr Vergnügen in Krawallen und Straßenkämpfen suchten, würden er und seine Freunde bei der Polizei schon bald aktenkundig werden. Ben war nicht der Typ, den man leicht übersah... Halt, wie kam sie darauf? Seit Ben geboren war, hatte *keine* Autoritätsperson ihn je richtig gesehen. Damals, als Harriet ihn auf dem Bildschirm am Rand einer Straßenschlacht entdeckte, hatte er seinen Jackenkragen hochgestellt und das Gesicht halb in einen Schal vergraben und wie ein kleiner Bruder, vielleicht von Derek, ausgesehen. Er wirkte wie ein stämmiger Schuljunge. Hatte er sich damals vorsätzlich vermummt? Hieß das, er wußte genau, wie er aussah? Wie also sah er sich selbst?
Würden andere Menschen es immer ablehnen, ihn richtig zu sehen, seine wahre Natur zu erkennen?
Jedenfalls würde und könnte es keine Amtsperson sein, die da die Ausnahme machte und dann genötigt sein würde, Verantwortung zu übernehmen. Kein Lehrer, kein Arzt, auch kein Spezialist war je imstande gewesen, klipp und klar zu sagen: »Das genau ist er.« Kein Kriminalist, kein Gerichtsarzt oder Sozialhelfer würde je mit dem Phänomen Ben klarkommen. Aber angenommen, eines Tages käme ein Amateurforscher daher, ein Anthropologe

ungewohnter Art, und stieße zufällig auf Ben, sagen wir, mit seinen Kumpanen auf der Straße, oder in einem Gerichtssaal, und entdeckte die Wahrheit? Und bekundete seine Neugier... Was dann? Dürfte Ben auch jetzt noch der Wissenschaft geopfert werden? Was würden sie mit ihm machen? Ihn sezieren? Sich seine ungeschlachten Gliedmaßen einzeln vornehmen, seine Augen und seine Zunge, um herauszufinden, warum er so gaumig und behindert sprach?
Wenn nichts dergleichen geschah – und nach Harriets bisherigen Erfahrungen war es wahrscheinlich, daß nichts geschah –, sah sie noch Schlimmeres für ihn voraus. Die Bande würde sich weiter mit Raub und Diebstahl durchbringen und früher oder später gestellt werden. Auch Ben. Er würde sich gegen den Zugriff der Polizei wehren, um sich schlagen und treten und seine unbeherrschte Wut hinausbrüllen, bis sie ihm eine Spritze verpaßten, weil es nicht anders ging, und binnen kurzem würde er wieder in dem Zustand sein, in dem Harriet ihn damals gefunden hatte. Wie eine gigantische Nacktschnecke, halbtot, käsig und schlapp in seiner Zwangsjacke.
Und wenn er sich nicht erwischen ließ? War er schlau genug? Seine Kumpane waren es nicht, jedenfalls nicht auf die Dauer. Sie würden sich früher oder später einmal selbst durch ihre Aufregung und ihre Angebereien verraten.
Harriet saß still am Tisch und ließ den Lärm des Fernsehapparats und ihrer Stimmen über sich hinwegschwappen. Ab und zu blickte sie flüchtig auf Ben und sah dann rasch wieder weg, und sie fragte sich, wann sie einfach alle verschwinden würden, ohne zu wissen, daß es diesmal keine Rückkehr mehr gab. Sie würde weiter hier sitzen, vor dem sanften Schimmer des Familientisches, der einem ruhigen See glich, und auf sie warten. Aber sie würden nicht wiederkommen.
Warum sollten sie eigentlich in England bleiben? Sie konnten leicht in jeder beliebigen Weltstadt verschwinden, in der dortigen

Unterwelt wegtauchen und sich nach ihrem Geschmack ausleben. Vielleicht würde sie, Harriet, bald in dem kleineren Haus, wo sie, allein, mit David wohnen würde, beim abendlichen Fernsehen in den neuesten Nachrichten aus Berlin, Madrid, Los Angeles oder Buenos Aires plötzlich Ben erblicken, wie er dastand, etwas abseits von der Menge, und mit seinen steinernen Troll-Augen in die Kamera starrte oder in den Gesichtern rings um sich her nach einem anderen Wesen seiner eigenen Art suchte.